www.tredition.de

# MICHAEL TORRES

# BEGIERDE IN DER UNTERWELT

## Die erotischen Abenteuer des Blake Stone

www.tradition.de

© 2019 Michael Torres

Umschlagfoto: © ASjack – fotolia.com

Verlag und Druck: tradition GmbH, Hamburg

Paperback:    978-3-7482-3240-7
Hardcover:    978-3-7482-3241-4
e-Book:       978-3-7482-3242-1

Es war wie in jedem typischen Club. Neonblitzlichter, ein kleiner Raum, viele verschwitzte Menschen und natürlich ein endloser Vorrat an Alkohol. Ich ging nicht wirklich gerne in diesen Club, immerhin hatten nicht wenige Leute versucht, mich zu töten. Ja, du hast richtig gehört, ich wurde gesucht. Diesmal nicht von der Polizei oder der Regierung; ich wurde vom größten Drogenbaron Südamerikas, Nancho Fernandez, gesucht. Die Regierung hätte sehr wahrscheinlich nach mir gesucht, wenn sie gewusst hätte, was ich tue. Ich habe mich nicht auf eine bestimmte Karriere festgelegt. Ich war eine Art Jack of all trades, Master of all.

In Wahrheit war ich ein Verbrecher, und zwar ein großer. Genauer gesagt: Ich war ein Mann mit vielen Talenten, einer für alle Fälle.

Du brauchtest einen Leibwächter oder eine Eskorte? Ich war der Richtige für dich. Wenn du einen Prügelknaben brauchtest, lass mich verprügeln, wenn du es bezahlen kannst. Du wolltest etwas schmuggeln, darin war ich ein Experte. Ich genoss einen guten Ruf in der Unterwelt und hatte meine Finger in allerlei Geschäften. Natürlich arbeitete ich nie unter meinem richtigen Namen. Für meine Kunden in Südamerika war ich als El Ninja bekannt, in Nordamerika nannten sie mich Caeser, während ich in Afrika als Zuka bekannt war. Nicht, dass ich die Bedeutung dessen gekannte hätte. Mein richtiger Name war Blake Stone.

Nun zurück zu Nancho Fernandez. Ich war mir nicht mehr sicher, ob er Spanier oder Mexikaner war, aber er kontrollierte das größte Drogenkartell in Südamerika. Er hatte die Macht, das Geld, die Männer, und er kontrollierte eine Menge Leute in der Regierung. Eher wie ein moderner Pablo Escobar. Was hatte ich getan, um ihn zu provozieren? Ich schlief mit seiner Tochter Isabella. Eigentlich ist Sex für gewöhnlich nichts, wofür ein Mann einen anderen verprügeln würde. Doch Fernandez hatte das getan. Lass mich dir die Geschichte erzählen.

Fernandez hatte mich angeheuert, um eine Kokainlieferung für ihn zu überwachen. Er hatte einige Regeln aufgestellt, aber ich war nicht der Typ, der richtig zuhören wollte. Jeder wusste, dass das Berühren seiner Tochter das größte Verbrechen für ihn war, aber genau das war es, was Blake Stone am meisten liebte: das Gesetz zu brechen.

Ich erinnerte mich noch daran, wie es sich mit ihr anfühlte ... jedes Detail ... genau wie gestern ... Es geschah in einem von Fernandez' unzähligen Autos. Erst lutschte sie meinen Schwanz. Ihre Zunge drehte sich über ihn, als sie mein Glied mit Speichel bedeckte. Ich musste zugeben, sie war sehr gut mit ihrem Mund. Gerade fühlte ich mich so richtig wohl in ihr, da ließ sie einen kleinen Schrei los. Reaktionsschnell stopfte ich ihr das winzige Höschen in ihren Mund. Aber es war zu spät. Einer von Fernandez' Männern hatte uns gesehen. Fernandez forderte nun meinen Kopf.

An Abspritzen war nicht mehr zu denken. Da fiel schon der erste Schuss. Isabella schrie und stieg sofort aus dem Auto und rannte davon. Hinter ihr waren sie ja auch nicht her. Ich zog hastig meine Hose hoch und überlegte fieberhaft, wie ich hier rauskommen sollte. Ich zog meine Waffe, eine 45 ACP, heraus und überprüfte sie rasch: Sie war geladen; meine Chancen standen schon besser. Ich hörte wieder Schüsse und die Männer, die nach mir schrien. Schnell stieg ich aus dem Auto und suchte mir eine gute Deckung. Ich konnte die

Männer sehen. Sie waren zu fünft, alle mit automatischen Gewehren bewaffnet und bereit, alles über den Haufen zu schießen, was sich bewegte.

Wie gewohnt, scannte ich meine Umgebung, genau wie ich es gewohnt war. Nach meiner Einschätzung hatte ich nur eine Chance, hier wegzukommen: in eins von Fernandez' Autos setzen und mir den Weg freizuschießen, bis ich durch das Hintertor verschwinden konnte. Ich hatte die wichtigste Regel gebrochen, aber was ich vorhatte, bedeutete, dass ich ein Dutzend weiterer Regeln brechen würde. Sie hatten mich noch nicht gesehen. Das war gut, ich hatte das Überraschungsmoment auf meiner Seite.

Meine Deckung befand sich direkt ihnen gegenüber auf einer Treppe, die zu einem unterirdischen Lagerraum führte. Sie konnten mich nicht sehen, und als sie das Feuer eröffneten, hatte ich bereits zwei von ihnen erledigt und war aus meiner Deckung hinter einem der Autos im Freien gelaufen. Sie schossen weiter und durchsiebten das Auto mit unzähligen Kugeln. Ich musste mir die Ohren zuhalten, während Glas- und Metallteile wie Regen auf mich herunterprasselten. Meine Augen huschten hin und her und suchten nach dem besten Fahrzeug für meinen Plan. Ich wählte seinen Ford SUV, er war kompakt und die Karrosserie verstärkt. Jetzt musste ich schnellstens hier raus, bevor noch mehr Männer kamen.

Als nächstes entschied ich mich für eine typische Lehrbuchmethode, um den Feind abzulenken. Ich zog meine Uhr vom Handgelenk und warf sie weg. Wie erwartet eröffneten die drei verbliebenen Schützen das Feuer. Perfekt. Ich stand auf und drückte dreimal in schneller Folge ab. Als der letzte von ihnen fiel, ließ er ein lautes Grunzen hören, als sein Rücken die

Erde traf. Ich schob meine Waffe hinten in meinen Gürtel und machte mich auf den Weg zum Wagen. Ich schloss ihn kurz, gab Gas und durchbrach das Tor.

Das war vor sechs Monaten, und seitdem hatte ich etwa vierzig Schläger getötet, die alle mit Nancho Fernandez verbunden waren.

„Hey Hübscher", eine Stimme brachte mich zurück in die Gegenwart.

„Hallo", lächelte ich und nickte. Die Person, die sprach, war eine Frau, eine sehr schöne.

„Willst du tanzen?", winkte sie mit dem Kopf zur Tanzfläche. Ihr blondes Haar schmeichelte sich leicht um ihr Gesicht, als sie lächelte und mir zuwinkte. Ich war vorsichtig und klug genug, um ein wenig zu zögern. Selbst diese schöne Frau hätte ein Killer sein können, oder ein Köder. Ich wollte nein sagen, aber ich entschied mich rasch anders. Ich beschloss, mich auf sie einzulassen – und sie töten, falls es nötig wäre.

Wir tanzten stundenlang und machten Trinkpausen, während laute Musik aus den Lautsprechern dröhnte. Gegen ein Uhr morgens beschloss ich, nach Hause zu gehen. Sie bat mich, sie mitzunehmen, und ich stimmte zu. Willst du raten, was als nächstes passierte? Sex! Ja, du hast mich gehört, wir hatten wilden Sex. Uns für welchen!

Ich hatte die Tür zu meiner Wohnung kaum hinter mir geschlossen, als sie sich mir entgegen warf, ihre Lippen prallten mit meinen zusammen, als sie mich regelrecht an die Tür heftete. Sie fuhr mit den Fingern durch mein Haar, ihre andere Hand hielt mein Gesicht, als sie an meiner Unterlippe zerrte und nach Eintritt suchte. Ich teilte meine Lippen, ihre

Zunge tauchte in meinen Mund, als sie mich wild und heiß küsste.

Ihre Hände schälten mich geübt aus meiner Lederjacke, während sie sich weiter an meinen Lippen ergötzte. Ich musste gar nichts tun, sie fühlte sich wohl in ihrer Dominanz. Sie zog mir das Hemd, über meinen Kopf, und mein entblößter Oberkörper drückte sich an ihren, als sie wieder damit begann, mich zu küssen.

Sie fingerte jetzt an meinem Gürtel herum. Ihre Finger arbeiteten schnell, um ihn wegzuziehen. Schnell und doch ohne Hast öffnete sie den Reißverschluss meiner Hose und ließ sie auf meine Knöchel fallen. Dann streichelte sie meinen aufrechten Schwanz durch die Unterwäsche. Sie schob ihre Finger unter das Gummiband meiner Shorts, und ihre warme Hand kreiste und schröpfte meinen Schwanz. Ein kleines Stöhnen entrang sich meiner Kehle.

Sie zog meine Unterwäsche aus, und mein aufrechter Schwanz sprang heraus. Dann fiel sie vor mir auf die Knie. Ich hielt den Atem an in Erwartung dessen, was nun passieren würde; es war zu schön, um wahr zu sein. Und sie hielt meinen Schwanz und streichelte ihn ein wenig, ihre Finger streichelten meine Eier leicht, als sie ihr Gesicht näher an ihn heranbrachte. Ich spürte ihren heißen, süßen Atem an meinem Glied. Langsam streichelte sie mit ihrer Zunge die Spitze, und mein Körper schauderte sanft, als sie mich neckte.

Sie ging weiter, tauchte ein und nahm den ganzen Schaft in sich auf, bis meine Spitze in ihren Hals traf. Ich schwebte wie in einer anderen Dimension, in einem rauschhaften Genussflug. Sie war extrem gut mit Mund und Zunge, das musste ich ihr lassen. Unablässig und gleichmäßig bewegte sie ihren Kopf auf und ab mit meinem Schwanz zwischen ihren

Lippen, anfangs langsam, dann den Rhythmus steigernd und mich beglückend fortschreitend.

Sie würgte ein wenig, und es hörte sich an, als ob sie fast erstickte. Warmer Speichel tropfte auf meine Eier. Sie war nicht der Typ, der sich ausschließlich auf den Schwanz konzentrierte, sie achtete auch auf die Eier, streichelte und saugte an ihnen, während sich mein Orgasmus tief in mir aufbaute. Sie saugte mich jetzt hart und schnell, schlürfte und streichelte, bis ich es kaum noch ertrug. Nur wenige Sekunden später konnte ich meinen Orgasmus nicht mehr zügeln. Meine Eier strafften sich, als ich mich in ihren Hals ergoss, und meine Muskeln zuckten, ich grunzte und stöhnte.

„Bring mich nach oben", zeigte sie auf mein Zimmer, und die Worte kamen eher wie ein Flüstern heraus. Und genau so, splitternackt, hielt ich ihre Hand und führte sie die Treppe hinauf. Der Raum war meine Zone, hier hatte ich die Kontrolle. Ich küsste sie sanft und nahm mir die Zeit, jeden Punkt auf ihrem Gesicht zu liebkosen, während ich anfing, ihre Kleider auszuziehen – Stück für Stück, bis sie nackt war, genau wie ich. Ich küsste ihren Hals und zog sie näher heran, bis ihr warmer Körper sich dicht an meinen schmiegte, und ihre dunklen erigierten Brustwarzen drückten sich in meine Haut.

Meine Finger tanzten über ihre Haut und erforschten jede Zone ihres kurvenreichen Körpers, bis sie sich ganz meiner Berührung hingab. Ich ging langsam mit ihr zum Bett, und bei jedem Schritt stöhnten wir beide höchst erregt auf, weil wir spürten, dass die Zeit für das Unvermeidliche gekommen war. Sie lag hingestreckt auf dem Bett, die Laken raschelten unter ihr, als ich mich zwischen ihre Beine drängte. Sie hielt ihren Atem an, als ich mich in sie schob, ihre Finger gruben sich in meine Schultern, während sie mich näher zu sich zog. Ihr Stöhnen füllte meine Ohren und feuerte mich an, als wir uns wie ein einziger Körper bewegten. Ich begann langsam, entspannte mich sanft in ihr, glitt langsam hinein und heraus, füllte sie jedes Mal. Sie passte ihren Körper meinem an und bewegte sich rhythmisch, Stoß für Stoß.

Ich kam allmählich in Schwung und erhöhte den Takt meiner Stöße, denen sie sich willig anpasste. Ihr Stöhnen wurde jetzt lauter, unsere schweißnassen Körper schlugen beim Ficken zusammen. Sie drehte mich schnell um, und setzte sich mit weit gespreizten Schenkeln auf meinen Schwanz. Wir kicherten. Sie warf ihren Kopf zurück, und ihre Brüste hüpften vor meinem Gesicht, während wir fickten. Sie war gut oben, schwang und rollte ihre Hüften rundum, sodass ihre warmen, nassen Muschi-Wände meinen Schwanz liebevoll massierten. Ich streckte die Hände aus und packte ihre Brüste, streichelte und drückte sie sanft, wobei sie heftig auf meinen Schwanz prallte.

Wir wechselten die Lage noch einmal, und meine Hände bewegten sich, um sie auf Knie und Handflächen zu bringen, bevor ich wieder in sie stieß. Ich hämmerte jetzt buchstäblich ihre Pussy, stieß härter und tiefer, immer wieder in ihre eng geschwollene Pussy, als ihr Stöhnen immer lauter wurde.

Unsere Körper bewegten sich schnell und ihr Stöhnen wurde zu kleinen Schreien. Sie kam ganz plötzlich, und ihr Höhepunkt erschütterte sie am ganzen Körper, während sie sich ergoss. Ich setzte meine Bewegungen fort, und mein zweiter Orgasmus dieser Nacht baute sich unaufhaltsam in mir auf. Ich explodierte kurz darauf, grunzte wohlig und signalisierte das Ende einer fantastischen Liebesszene, während mein warmes Sperma in sie floss. Ich zog meinen schlaffen Schwanz aus ihr heraus, und wir warfen unsere verschwitzten Körper auf die Laken zurück. Ein letzter Gedanke, bevor wir beide ineinander verschlungen in den Schlaf sanken, war der an das Kondom, das ich nicht benutzt hatte.

Es war wie ein Traum, jemand rief mich immer wieder mit einem Namen, von dem nur wenige wussten.

„Caesar...Caesar...Caesar...Caesar", es war zunächst wie ein Flüstern, das mich aus einem dunklen Loch zog, dann trugen mich die Worte allmählich in die Realität.

„Caesar! Caesar! Caesar!", wurden sie jetzt lauter und klopften an mein Trommelfell, bis mir klar wurde, dass jemand tatsächlich meinen „dunklen" Namen nannte. Diesen Namen zu hören, so früh am Morgen konnte nur eines bedeuten, ich saß knietief in der Scheiße! In einem Bruchteil einer Sekunde bedachte ich alle Optionen, die ich jetzt hatte und schob den Gedanken an die auswegslose Situation, in der ich mich befand, beiseite.

Die Stimme klang bedrohlich, als wollte sie Blut. Ich hatte immer noch meine Augen geschlossen, war aber völlig wach. Meine Mörder wollten mir anscheinend in die Augen schauen, bevor sie mich töteten. Ich hatte eine Kahr Arms P380 unter der Schublade an meinem Bett befestigt, eine Waffe im Kaliber 380 ACP, die jederzeit schussbereit geladen war. Insgesamt sieben Kugeln, eine abfeuerbereit in der Kammer und die restlichen sechs im Magazin. Obwohl die Umstände gegen mich sprachen, war ich überzeugt, meinen Gegnern entkommen zu können, denn ich war ein verdammt guter Schütze. Es musste mir nur gelingen, auf die andere Seite des Bettes zu gelangen, meine Waffe zu greifen und sie zielsicher abzufeuern. Aber: Moment mal? Was war denn das hier für eine Farce? Wo war meine Geliebte aus der heißen Nacht? Ich konnte jetzt nicht weiter darüber nachdenken, ich musste aus diesem Schlamassel raus.

„Versuch es nicht einmal!"

Kaum hatte ich meine Augen vollständig geöffnet, als ich einen kalten Gegenstand an der Schädelbasis spürte. Ich kannte dieses Gefühl zu gut, es handelte sich um die Mündung einer Waffe und so, wie ich sie auf meiner Haut fühlte, konnte es nur eine Waffe sein: meine eigene. Ich versuchte mich zu bewegen, aber das war eine sehr dumme Idee, und bevor ich Jack Robinson sagen konnte, fühlte ich den harten Schlag der Waffe auf meinem Schädel.

Ich verlor langsam das Bewusstsein, und ein heftiger Schmerz dröhnte in meinem Kopf, bevor ich spürte, wie Luft meine Lungen verließ und ich in die Dunkelheit fiel.

Ich erwachte mit einem Gefühl, als würde ich ertrinken, weil mich jemand immer wieder unter Wasser drückte.

„Wach auf!", hörte ich die Stimme – dieselbe Stimme, die zu mir sprach, bevor ich ohnmächtig wurde. Wasser war überall um mich herum, ich war immer noch nackt. Ich schaffte es, meine Augen vollständig zu öffnen. Ein scharfer, pochender Schmerz dröhnte in meinem Kopf, als ich mich bewegte. Ich fühlte genau die Stelle, an der die Mündung meiner Waffe auf den Schädel getroffen hatte. Ich versuchte, meine Umgebung zu scannen. Es war dunkel, und es gab nur kleine Fenster, die sich knapp unterhalb der Raumdecke an den Wänden verstreut befanden. Ich war in einem Lagerhaus, einem leeren.

„Zieh ihn an! Tommy ist bereit, ihn jetzt zu sehen", eine dunkle starke Stimme ertönte von hinten. Ich wurde in ein Gebäude in der Nähe des Lagers gebracht, wo ich gewaschen und mit frischer Kleidung versorgt wurde. Dann brachte man mich in ein größeres Gebäude auf demselben Gelände. Ich wurde in einen anderen Raum geschoben, in dem es aussah wie in einer kleinen Bibliothek, und ich hörte, wie eine Tür hinter mir ins Schloss klickte. Ich sah mich um und suchte nach einem möglichen Ausweg, als sich die Tür hinter mir wieder öffnete. Ich drehte mich um und fand mich von Angesicht zu Angesicht einem Mann gegenüber, der mich auf die wildeste Mission aller Zeiten mitnehmen würde.

„Hallo, ich bin Tommy", streckte er seine Hand aus und lächelte. Er wirkte wie ein Gentleman.

„Hallo, ich bin Caeser", nahm ich seine warme Hand und nickte.

„Bemüh dich nicht, ich weiß alles über dich", und als diese Worte über seine Zunge rollten, setzte mein Herz eine Sekunde lang aus. Ich zuckte nicht zusammen, grinste nur und zuckte mit den Schultern.

„Was weißt du über mich", wollte ich wissen und war gespannt, wie viel Informationen er über mich hatte.

„Ich weiß, dass dein Geburtsname Blake Stone ist", er hielt es wohl für eine Überraschung. Doch dass er das wusste, hatte ich erwartet.

„Was willst du?" Im Rahmen meiner Situation war das die logischste aller Fragen.

„Ich bin froh, dass du diese Frage gestellt hast. Das erspart uns wirklich den Stress eines Wortspiels, oder?" Er klopfte mir auf die Schulter und lachte, als er einen Stuhl neben den Tisch in der Mitte zog.

„Komm schon, setz dich", zog er auch einen Stuhl für mich heran und wies einladend darauf.

„Nun, kann ich wissen, warum du mich entführt hast?", fragte ich ruhig und versuchte, in keiner Weise respektlos zu erscheinen. Ich kannte ihn ja nicht. Er musste ein mächtiger Mann sein. Denn niemand hatte Blake Stone je so einfach erwischt.

„Lassen Sie mich direkt auf den Punkt kommen, Blake. Wir wollen beide die gleichen Dinge", sagte er jetzt ernst.

„Ich will viele Dinge, Tommy", antwortete ich.

„Ich weiß, dass du zum Beispiel Nancho Fernandez' Kopf willst." Diese Worte erregten sofort meine Aufmerksamkeit.

„Woher weißt du das?", fragte ich ihn und näherte mich etwas.

„Wenn du mir hilfst zu bekommen, was ich will, helfe ich dir, Fernandez zu erledigen", dabei schnippte er mit den Fingern und zuckte mit den Schultern, als hätte er soeben einen magischen Trick perfektioniert.

„Was meinst du damit?" Ich war mir noch nicht ganz sicher, welche Rolle ich spielen sollte.

„Okay, lass mich von vorne anfangen", sagte er, stand auf und holte ein Buch aus einem der Regale, schob es wieder zurück und ging hin und her. Er räusperte sich, bevor er begann: „Vor drei Wochen beaufsichtigte meine erste

Tochter eine Lieferung Heroin nach Kolumbien, Nanchos Gebiet. Schon seit einiger Zeit hatten wir einen Waffenstillstand für solche Geschäfte vereinbart. Aber Fernandez ..., der will alles! Er fing meine Lieferung an der nordkolumbianischen Grenze ab und tötete meine Männer. Meine Tochter wird immer noch vermisst, Blake. Ich will alles, was Nancho je gebaut hat. Sein Kartell, sein Reich, sein Leben, ich will das alles", seine Stimme klang leise mit diesem gewissen, bedrohlichen Ton, den ich nur zu gut kannte.

Es war die Stimme eines Killers, eines Mannes auf einer Mission. Ich nahm mir die Zeit, um alles zu bedenken, was er gesagt hatte. Ich wusste sehr genau, was er von mir wollte. Wenn ich zustimmen würde, führte ich vielleicht den größten und blutigsten Krieg dieses Kartells in der modernen Geschichte an.

„Was hätte ich davon?", fragte ich und war mir immer noch nicht sicher, warum ich den Krieg führen sollte.

„Es ist einfach Blake, wir können die Beute aufteilen. Ich würde dir eine Tonne Geld und Territorium anbieten, wenn du willst", erwiderte er und setzte sich wieder hin.

Ich überlegte. Ich scheute keine Risiken, aber dieses hier, dieses besondere war das größte, mit dem ich bisher zu tun hatte. Dieser Krieg würde sehr viele Menschenleben fordern, Hunderte von ihnen, wenn nicht Tausende! War ich bereit, mein Leben und meine Identität für eine Ladung Geld zu riskieren? – Natürlich war ich das.

„Ich bin dabei, Tommy", sagte ich entschlossen.

„Großartig, Blake! Du hast gerade die beste Entscheidung deines Lebens getroffen", rief er aus und klopfte mir auf die Schulter, während er mich geradezu fröhlich anlächelte.

„Also, wie wird das Ganze ablaufen? Hast du schon einen Plan?", fragte ich, und ich befand mich bereits mitten in der Arbeit.

„Folge mir", forderte er mich auf und führte mich aus dem Raum und einen Flur hinunter. An der hinteren Ecke öffnete er die Tür zu einem weiteren Raum, diesmal einem größeren, der einem Konferenzraum ähnelte. Darin saßen bereits einige Leute um einen großen Tisch. Eine riesige Leinwand befand sich an der Vorderseite. Tommy liebte offenbar gute Organisation.

„Hallo Familie, es gibt gute Nachrichten. Ich habe mit Blake gesprochen, und er ist dabei!", kündigte Tommy ihnen an, kaum dass wir in den Raum getreten waren. Sie nickten und murmelten Bestätigung, als ich die verschiedenen Gesichter um mich herum scannte. Es waren acht, unter ihnen das Mädchen aus dem Club, diejenige, die mich k. o. geschlagen hatte.

„Hey Blake, schön, dass du an Bord bist."

„Willkommen Bruder." Hörte ich nacheinander von jedem Anwesenden, die meine Teilnahme ganz offensichtlich begrüßten.

„Nun zurück zum Geschäftlichen! Quintero, was hast du für uns?", nickte Tommy einem Kerl zu, bevor er am anderen Ende des riesigen Konferenztisches Platz nahm.

Meine Augen wanderten zu Quintero, als der aufstand. Das Auffallendste an ihm war vielleicht die glatte gerade Narbe, die von der Basis seines linken Auges bis zu seinem Kiefer verlief. Oder es war der kalte Blick, den er hatte. Er nahm die Fernbedienung in die Hand und legte etwas auf den Bildschirm.

„Bevor wir damit beginnen, denke ich, wissen wir alle schon mal, mit wem wir es hier zu tun haben: Nancho Fernandez." Er hielt inne und starrte in die Runde. Als sein Blick den meinen traf, verweilte er einen Moment länger, blickte härter und seine Augenbrauen zogen sich ein wenig zusammen, so als ob er nach etwas in meinen Augen suchte. Er räusperte sich und fuhr fort.

„Ich habe früher für diesen Motherfucker gearbeitet, aber diese Geschichte hebe ich mir für einen anderen Tag auf. Wir sind hier für das Geschäft und das lautet: Nanchos Kartell und alles darin zu vernichten", wieder hielt er kurz inne und konzentrierte sich auf den Bildschirm, blätterte in Unterlagen und brachte schließlich einige Bilder hervor.

„Falls ihr es nicht wisst, Nancho hat das größte Netzwerk im System. Apropos alles, er hat die besten Distros, die besten Produkte, die besten Waffen, die besten Männer, er hat alles. Sein Netzwerk umfasst ein großes Gebiet, das von Südamerika bis Afrika reicht. Er hat seine Finger sogar in Asien, einem Gebiet, in dem wir seit Jahren keinen Fuß mehr setzen können. Der Plan ist, alles auszulöschen, und dafür müssen wir alles treffen, was er hat, mit allem, was wir haben." Er machte erneut eine Pause und brachte weitere Bilder hervor.

„Die Bilder, die Sie auf dem Bildschirm sehen, zeigen die Männer, die das Netzwerk wirklich leiten. Sie sind Nanchos Distributionen, und jede Woche bewegen sie Tonnen von Produkten für ihn. Jetzt rede ich von Koks, Heroin, Gras, Xanax ...", dabei zeigte er auf jeden einzelnen Mann, während er die Produkte nannte. Meine Augen ruhten auf dem Bildschirm, ich verschränkte meine Arme vor der Brust und beobachtete still das weitere Geschehen.

„Diese Zwölf hier sind über den ganzen Globus verstreut. Er hat vier seiner Verbindungsleute in Südamerika, vier in Nordamerika, zwei in Afrika und zwei weitere in Asien. Ja, ich weiß, das ist ein verdammt gutes Netzwerk. Das Ziel ist es, sie einen nach dem anderen auszuschalten, beginnend beim kleinsten Distrikt bis zu den großen in seinem Gebiet, also in Südamerika. Wir werden sein Netzwerk lahmlegen und ihn in einen Leichensack befördern."

Ich bewunderte die Art und Weise, wie er sprach. Er sprach mit einem spanischen Akzent.

„Ich will euch nichts vormachen, der erste Schritt ist die wichtigste Schlacht in diesem Krieg. Vielleicht nicht die schwierigste Sache, aber die sensibelste. Sie muss gelingen, dann wird sie diese ganze Operation zum Erfolg führen", begann er wieder und alle wurden ernst.

„Ich muss ich euch nicht mehr sagen, was für einen guten Boss wir in Tommy haben. Männer wie ihn gibt es gibt nicht viele. Er rettete einst mein Leben und nahm mich in diese Familie auf", dabei nickte er in die Runde und zeigte er auf seine Narbe. Dabei lächelte er zum ersten Mal; die beiden verband offensichtlich eine gute Geschichte.

„Zunächst werden wir seine Tochter aus Nanchos Anwesen in Kolumbien herausholen. Wir wollen niemanden von uns auf der falschen Seite des Feuers haben", erläuterte er und ging er herum. „Blake würde das leiten. Mal sehen, wie nützlich du für die Familie bist."

Das hatte ich nicht erwartet. Also blieb mir keine Zeit, mich auf die Arbeit und die Leute einzustellen. Ein Sprung ins kalte Wasser, aber die Herausforderung nahm ich an.

„Auf dieser Mission wirst du keine Armee mitnehmen, es gehen nur du und Amber", sagte Quintero und meine Augen folgten seinem Finger, als er auf das Mädchen von gestern Abend wies. Das Mädchen, mit dem ich herrlich wilden Sex hatte. Sie zwinkerte und winkte mir ein wenig zu. Wir hatten noch viel zu besprechen. Ich musste wissen, wer sie war und wie wichtig sie für Tommy war. Sie schien mir ziemlich bedeutend zu sein.

„Sie wird dir die Details mitteilen, wenn ihr euch trefft", fügte er hinzu, bevor er auf seinen Platz zurückkehrte.

Tommy stand auf und klopfte ihm sanft auf die Schulter, als er nach vorne ging. „Danke für diesen Quintero", rief er in die Runde und hob eine Faust. Quintero tat dasselbe.

„Blake weiß es wohl nicht, aber es gibt hier eine Tradition, wenn wir in den Krieg ziehen. Normalerweise machen wir eine kleine Party, bevor wir da rausgehen. Jetzt solltet ihr alle rausgehen und die anderen Männer unter euch informieren. Um 22 Uhr treffen wir uns im Saal zu unserer kleinen Party", lächelte Tommy und zog eine Zigarette heraus, während er das Meeting beendete.

„Folge mir, Blake", sagte er, als er den Raum verließ.

Ich folgte ihm sofort, nachdem er seine Zigarette angezündet hatte und der vertraute Geruch von Tabak meine Nasenlöcher füllte.

„Wie gefiel dir der Besprechungsleiter?", fragte Tommy schnell, als er mir das Etui reichte und ich eine Zigarette herausfischte.

„Das ist ein verdammt guter Stratege", antwortete ich, als er mir Feuer gab.

„Ich weiß, ich weiß. Manchmal muss man einfach alles riskieren, auch wenn man weiß,

dass die Erschütterungen lange und die Aus-
wirkungen dauerhaft sein können", brummte
er und blies eine große Rauchwolke aus. Er
würde nicht gern auf jemanden schießen, und
die Sorge stand ihm ins Gesicht, dass es nicht
vermeidbar war, um uns zu schützen. Ich
schätze, er hat seine Familie damals ziemlich
ernst genommen.

„Ich verstehe dich, Boss", antwortete ich,
als ich meine eigene Rauchwolke ausblies.

„Sag einem der Männer, er soll dir dein
Zimmer zeigen. Wir werden uns auf der Party
sehen", damit gab er mir einen leichten Schlag
auf die Schulter, als er wegging.

Die Stunden vergingen schnell, und im
Handumdrehen kam die Nacht. Ich war mit all
den Gedanken in meinem Kopf beschäftigt, als

ich ein Klopfen an meiner neuen Schlafzimmertür hörte.

„Komm rein", antwortete ich. Ich hatte es mir auf dem Bett gemütlich gemacht. Die Tür öffnete sich geräuschlos, als Amber eintrat, ur ihre Absätze verursachten ein wiederholtes Klicken auf dem Boden, während sie zu meinem Bett kam.

„Du bist es wieder", seufzte ich, als sie auf mich zukam.

„Ja, ich bin es wieder. Zieh dich an, es ist Zeit für Tommys Party", sprach sie schnell und ging sofort zurück zur Tür.

„Weißt du, es war ein netter Zug von dir, neulich", sagte ich, als ich aufstand. Sie blieb stehen und drehte sich um, ihre Augen lagen auf meinem nackten Oberkörper.

„Wovon redest du?", zuckte sie mit den Achseln und verzog ihren schönen Mund.

„Du weißt schon, neulich. Einen Kerl im Club betrunken machen, ihn gut ficken, dann am nächsten Tag eine Waffe auf ihn richten", verwies ich auf unsere vorherige Begegnung. Ich warf ihr diesen gewissen Blick mit einem Lächeln zu, das sie irgendwie in Verlegenheit brachte.

„Zieh dich an, Tommy wartet", lächelte sie, hob ihren Zeigefinger in meine Richtung und verließ mein Zimmer.

Ich zog mich schnell an und fand den Weg zum Veranstaltungsort der Party. Tommy nannte es eine kleine Party, aber es war wie Karneval da drin. Es gab Hunderte von Männern und Frauen, Stripperinnen und andere Konsorten. Gedimmte bunte Lichter, wilde Musik, ein Pool der Sündhaftigkeit.

„Hey Blake, ich dachte schon, du würdest nicht kommen", packte mich Tommy und umarmte mich fest. Ich roch den Alkohol in seinem Atem, er war etwas betrunken.

„Ich hatte mich ein wenig verlaufen", gestand ich.

„Such dir einen Platz, ich habe eine Ankündigung zu machen", empfahl er und klickte auf das Glas, das er hielt. Allmählich wurde es ruhig, bis jeder schwieg. Wie um alles in der Welt hatten sie ihn in dem Trubel überhaupt gehört, fragte ich mich.

„Ihr wisst alle, warum wir hier sind. Wir feiern unseren herausragenden Sieg, den wir haben werden, die Freude, die er uns bringt. Viele werden ihr Leben aufs Spiel setzen, weil Blut fließen wird. Viele Leben werden auch verloren gehen. Aber das ist ein Opfer, das wir alle für diese Familie bringen müssen. Wir unternehmen jetzt die ersten Schritte des Krieges, und wir gewinnen diese Schlacht. Heute Abend sage ich euch, dass ihr all diese Gedanken beiseitelegen sollt. Genießt den Wein, das Essen und das Feiern! Denn morgen beginnt unser Kampf", damit hob er sein Glas und genoss den mitreißenden Applaus. Alle jubelten und jubelten, während die Musik weiterspielte. Er hatte es eine Ankündigung genannt, mir aber kam es eher wie ein aufmunterndes Gespräch vor.

„Komm Blake, lass mich dir ein wenig von meiner Tochter erzählen", sagte er und winkte mich zu sich, als er auf den Balkon trat.

„Die Nacht ist wunderschön, nicht wahr?" Er machte eine ausholende Bewegung und zeigte auf die Dunkelheit über uns. Er kicherte ein wenig. Der Himmel war mit weißen Punkten übersät, er war wirklich wunderschön. Die Sterne bedeckten Meilen um Meilen bis in weite Ferne, dass es so aussah, als wären Himmel und Erde verbunden. Während die Nacht so wunderbar erschien, war es doch eigentlich nur eine Maske. Ich wusste eine Menge darüber. Mehrmals in der Vergangenheit hatte ich die Dunkelheit der Nacht benutzt, um verschiedene Gräueltaten durchzuführen. Aber in diesem Augenblick schob ich all diese Gedanken beiseite und reagierte auf Tommys Worte.

„Es ist wunderschön Tommy, einfach wunderschön", antwortete ich und schob meine Hände in die Hosentaschen.

„Ich glaube, du hast meine zweite Tochter getroffen?", fragte er. Sein Feuerzeug klickte, und er zündete sich eine Zigarette an. Seine zweite Tochter? Wovon hat er gesprochen?

„Nein, das glaube ich nicht", antwortete ich und fuhr mir mit der Rechten durch die Haare. Ich versuchte, mich an die Mädchen zu erinnern, die ich getroffen hatte, seit ich bei ihm zu

Hause war. Oder bezog er sich auf jemanden, den ich in der Vergangenheit getroffen hatte?

„Oh, sie hat dich hierhergebracht. Du *musst* sie getroffen haben", nickte er mit dem Kopf, als er seinen Rauch langsam durch die Nase ausstieß.

Heilige Scheiße! Ich hatte das nicht einmal kommen sehen. Ich meine, wenn ich jetzt daran denke, gibt es eine gewisse Ähnlichkeit, aber ich habe nicht eine Sekunde auch nur daran gedacht. Amber war Tommys Tochter, na großartig! Es fühlte sich irgendwie seltsam an.

„Wow, ich *habe* sie getroffen, sie ist toll", sagte ich leise und versuchte, meine Überraschung zu verbergen. Ich fragte mich, ob er wusste, dass ich und Amber gefickt hatten, bevor ich dort ankam.

„Ich weiß, sie ist großartig. Ich habe nur zwei von ihnen, Lucy und Amber. Ihre Mutter ist vor langer Zeit gegangen, sie konnte das Leben nicht ertragen, es war alles zu viel für sie", erzählte er, und ich verstand genau, was er meinte.

„Siehst du, Mann, dieses Leben, das wir gewählt haben, es frisst dich Stück für Stück auf, bis du völlig von ihm verzehrt bist. Ich wollte nie, dass meine Töchter ein Teil dieses Geschäfts sind, aber sie wollten es, sie wählten es. Es braucht viel guten Instinkt, um dieses Leben zu führen, Blake, man verliert fast seine Menschlichkeit darin", wieder ließ er Rauchwolken aus seiner Nase aufsteigen.

„Komm rein, lass mich dich den anderen Jungs richtig vorstellen", sagte er entschieden, warf er die Zigarette weg, und wir gingen wieder hinein. Ich ging dicht hinter ihm her, als er mich zu einem anderen Teil der Gruppe führte. Es schien mir wie ein VIP-Bereich oder so. Alles dort war anders, irgendwie eleganter, richtig edel ausgestattet. Von den Getränken bis zum Essen, den Mädchen, sogar der Geruch, alles war anders. Die Leute, die ich vorhin im Konferenzraum gesehen hatte, saßen dort, einschließlich Amber. Es waren fünf von ihnen, die alle auf speziellen Sitzen saßen. Es gab zwei leere Plätze, einen für Tommy natürlich, und ich dachte, der andere wäre für Lucy, seine vermisste Tochter. Tommy räusperte sich, um ihre Aufmerksamkeit zu erregen.

„Ich schätze, ihr habt alle Blake getroffen und ihr wisst es alle: Er ist der größte böse Arsch im Geschäft", kicherte er, als er meine Schulter streichelte. Der Alkohol begann nun stärker zu wirken.

„Jetzt Blake, triff meinen inneren Kreis. Das ist meine Tochter Amber, du hast sie ja bereits getroffen. Das ist meine rechte Hand, Quintero, uns verbindet eine lange Geschichte. Das ist Derrick, der beste Killer hier. Das ist Rodrigo, er ist Quinteros Bruder. Er verwaltet unsere Zahlen, unser Geld und was sonst noch so administrativ zu tun ist. Und das ist Lucas, er ist für Waffen und so'n Scheiß verantwortlich. Sie alle kontrollieren auch das Drogengeschäft." Er brachte mich nacheinander zu jedem von ihnen und ich begrüßte alle mit einem Lächeln und festem Handschlag.

„Jetzt, wo ihr euch alle getroffen habt, lasst uns richtig feiern", und als ob es geplant wäre, strömten nackte Mädchen in den VIP-Bereich. Das war schon eher meine „Musik". Ich fühlte mich ein bisschen wie ein Arsch, als ich sah, wie Amber leise auf den Balkon schlich. Ich schob das seltsame Gefühl jedoch beiseite und folgte ihr; wir hatten noch eine kleine Rechnung offen.

„Es wäre unklug, mich hier zu bespringen, weißt du, mein Vater würde dir deinen Kopf von den Schultern schießen", sprach sie, als ich auf den Balkon trat.

„Ich hatte nicht vor über dich herzufallen, Mädchen", antwortete ich, als ich neben ihr stand.

„Mein Vater hat dir wahrscheinlich gesagt, wie schön der Himmel ist, nicht wahr?", fragte sie leise und beschränkte ihre Arme vor der Brust. Sie seufzte.

„Ja, das hat er wirklich", antwortete ich.

Sie sagte lange Zeit nichts weiter, und wir standen einfach zusammen da. Die Stille zwischen uns wog schwer. Sie brach schließlich das Schweigen. „Also, wir fliegen morgen nach Columbia", begann sie, während sie ihre Hände auf das Geländer vor uns legte.

„Es ist ein verdammt guter Ort. Ich habe gute und schlechte Erinnerungen daran", sagte ich und rückte näher an sie heran.

„Ach ja? Ich war noch nie dort", lächelte sie. Sie sah zu mir auf, als wolle sie mehr über Columbia hören.

„Du wirst es genießen", beantwortete ich ihre ungestellte Frage, zuckte mit den Achseln und lächelte zurück.

„Ich will nur meine Schwester zurück", meinte sie grimmig. Sie bewegte sich dabei noch näher an mich heran und drückte ihren warmen Körper an meinen, während die nächtliche Brise auffrischte.

„Wir werden Lucy zurückbekommen", versicherte ich ihr und sah sie an, bis wir uns in unseren Blicken verloren. Ihre Lippen bewegten sich langsam auf meine zu, bis ich spürte, wie sie warm auf mein Gesicht atmete. Ihr Atem duftete nach Whiskey.

„Wir sollten zurück in dein Zimmer gehen", sprach sie sanft und selbstbewusst.

Ich liebte es, wenn eine Frau wusste, was sie wollte. Damit nahm sie meine Hand und führte mich in mein Zimmer.

Ich schloss die Tür hinter uns, nachdem wir eingetreten waren, und hielt ihr Gesicht in meinen Handflächen, als ich meine Stirn an ihre drückte. Ich berührte ihren Mund sanft mit meinen Lippen, meine Hände streichelten sie bis zu ihrer Taille, während ich meine Lippen etwas fester auf ihre drückte. Sie streifte die Schuhe von ihren Füßen, und wir gingen uns zu meinem Bett. Mit einem kleinen Seufzer, der über ihre Lippen schlüpfte, ließen wir uns auf dem Bett nieder.

Ich befreite sie sofort von ihren Kleidern und zog sie nackt aus, während ich sie weiterhin mit meinen Lippen streichelte. Ich küsste mich zu ihrem Kinn hinunter und pflanzte weiche, nasse Küsse auf ihren Hals, als sie ihren Kopf nach hinten neigte und sich mir öffnete. Ich küsste mich zu ihren Brüsten, saugte an jeder dunklen geschwollenen Brustwarze und schenkte jeder die Aufmerksamkeit, die sie verdiente. Ich reiste weiter nach unten und verbrachte ein wenig Zeit auf ihrem Bauch, bevor ich mich zwischen ihre Beine setzte. Sie war nass vor Lust bei diesem Vorspiel, ihre Muschi tropfte fast. Ich wusste, dass sie sich nach mir sehnte, nach Berührung verlangte, nach meiner Berührung ... nach jeder meiner Berührungen ... nach allen Arten von Lustgenuss, einfach nach allem.

Selbst Genussmensch nahm ich mir alle Zeit der Welt. Ich folgte mit den Lippen meinen Fingern entlang ihrer inneren Oberschenkel, was jedes Mal ihr kleines Stöhnen hervorrief, wenn ich ihrer nassen Pussy gefährlich nahe kam. Ich küsste ihre inneren Oberschenkel, neckte sie und bereitete sie auf das Unvermeidliche vor. Sie stieß ein lautes Stöhnen aus, als ich meinen Mund auf ihre Pussy drückte und meine Zunge ihre Klitoris verwöhnte, wobei ihr Körper leicht zitterte.

Ich streichelte mit meiner Zunge über ihre Klitoris, schnippte und knabberte, während sie weiter stöhnte. Ich ging tiefer und ließ meine Zunge über ihre Muschi-Lippen gleiten, als sie ihre Finger in mein Haar drückte. Ich ging zurück zu ihrer Klitoris und machte mich wieder an die Arbeit. Ihr Stöhnen füllte den ganzen Raum, als ich mit einem Finger in ihre nasse Öffnung stieß. Ich arbeitete nun in beide Richtungen und öffnete ihre glatten Pussy-Wände mit meinen Fingern auseinander, während ich mit meiner Zunge an ihrer Klitoris saugte.

Ich fügte einen weiteren Finger hinzu, als ich immer stärker und schneller über ihre Klitoris ging, meine Finger drehten und kräuselten sich in ihr, wobei sie immer mehr stöhnte. Noch fester und härter ging ich vor, und sie wand sich vor Lust, während ihr tiefes Stöhnen langsam höher klang. Ich spürte genau, dass ich das Richtige tat und ihr Orgasmus nahe war. Die Art und Weise, wie ihr Körper reagierte, zeigte es deutlich.

Ihr ganzer Körper erzitterte, als sie kam, und ein kleiner Schrei entwich ihren Lippen. Ich gab ihr Zeit, sich zu erholen, bis ich aufstand, um meine eigenen Kleider auszuziehen. Sie hielt ihre Augen auf mich gerichtet, als mein aufrechter Schwanz aus meiner Unterwäsche sprang.

„Du weißt, dass ein guter Fick vor jeder Mission gut ist. Die Leute denken, dass es dich ablenken wird, aber es ist wirklich gut", sprach sie, nachdem sie wieder zu Atem gekommen war.

„Wirklich?", fragte ich, als ich mich zwischen ihre Beine setzte. Mein aufrechter Schwanz drückte an ihren Oberschenkel, während ihre aufrechten Brustwarzen meine Brust berührten. Es fühlte sich gut an.

„Ohh ... fuck. Y-yess", ließ sie einen lauten Seufzer los, als ich meinen Schwanz in ihre nasse Muschi drückte. Sie krallte ihre Finger in meinen Rücken, als ich mich tief in sie hineinkuschelte, sie füllte und wir eins wurden. Mein Tempo war anfangs langsam, und ich glitt sanft in sie hinein und heraus, bis sie ihren Körper mit meinem bewegte, wobei sie sich meinen Stößen anpasste. Ich drang tief in ihre feuchte Vagina hinein, zog mich fast vollständig heraus und glitt wieder voll in sie hinein. Wir wiederholten dies immer wieder, bis wir einen harmonischen Rhythmus fanden.

Ich erhöhte das Tempo ganz allmählich, unsere Hitze stieg unaufhaltsam, und dann nahm ich sie mit auf eine langsame Reise von den langsamen Vollschüben hin zu den harten, kurzen Stößen.

Sie zog mich näher an sich heran, als ich ihre geschwollene Pussy mit rücksichtsloser Hingabe hämmerte, bis wir zusammen stöhnten. Unsere nassen Körper klatschten jetzt immer und immer wieder zusammen, hämmerten, stießen, stießen, stöhnen, grunzten, stöhnten, stöhnten, purer geiler Sex! Ich bekam vollen Zugang zu ihrer Pussy, als sie zum zweiten Mal zum Orgasmus kam, ihre Fingernägel bohrten sich in mein Gesäß, als sie mich noch näher zog.

Ich kam mit ihr, unsere Flüssigkeiten strömten ineinander, als ich meinen warmen Samen in sie schoss. Ich zog meinen schlaffen Schwanz aus ihr heraus, als wir uns erschöpft und schwer atmend auf die Laken fallen ließen. Als ich ganz langsam in eine ruhigen Schlaf fiel, hatte ich nur noch Gedanken an Kolumbien ... Kolumbien, Drogen, Blut und Waffen.

Amber war bereits angezogen und wartete auf mich, als ich aufwachte.

„Wasch dich und zieh dich schnell an, wir sind spät dran", sagte sie und warf mir ein Handtuch zu, kaum dass ich die Augen richtig geöffnet hatte.

„Auch dir einen guten Morgen", gähnte ich und streckte mich, als ich meine Bettdecke zur Seite warf und meine Füße auf den kalten Boden stellte.

„Du solltest dich wirklich fertig machen, wir werden zu spät kommen, beweg dich!", drängte sie. Es war offensichtlich, dass sie es eilig hatte.

„Ich habe nicht einmal Kleidung zum Anziehen", erwiderte ich und hob meine Hände, als ich aufstand.

„Ich habe ein paar Kleider für dich in diese Schublade gepackt", schüttelte sie den Kopf und zeigte auf die Schublade neben meinem Bett, bevor sie ging und die Tür hinter sich schloss.

Ich wusch mich schnell, bevor ich einige der Kleider in eine Tasche warf und mich anzog. Ich trat aus meinem Zimmer und an die Vorderseite des Hauses, wo Amber, Tommy und der Rest des inneren Kreises auf uns warteten.

„Das wirst du nicht wirklich brauchen", bemerkte sie und zeigte auf meine Tasche, als ich mich ihnen näherte.

„Warum das?", fragte ich.

„Tommy sagt, unser Mann in Kolumbien wird uns alles besorgen, was wir brauchen", antwortete sie.

Ich fragte mich, warum sie ihn Tommy nannte. Warum nicht Papa? Vielleicht haben sie versucht, Profis zu sein oder so. Ich habe es immer noch nicht verstanden.

„Wirklich alles?", vergewisserte ich mich, denn ich musste sicher sein, dass alles für die Mission vorbereitet war. Wenn irgendwas fehlte, könnte es am Ende teuer werden.

„Keine Sorge, Mann, du bist in guten Händen. Wenn ihr in Columbia ankommt, holt euch James vom Flughafen ab und versorgt euch mit allem, was ihr braucht. Waffen, Munition, Essen, alles", unterbrach Tommy jetzt, lächelte und beruhigte mich, als wir uns auf den Weg machten.

Wir verabschiedeten uns, als das Auto wegfuhr. Amber hatte ihre Augen meistens auf ihr Handy gerichtet, spanische Musik drang aus dem Radio von vorne zu uns, während wir fuhren.

„Wem schreibst du?", wollte ich wissen, als die Reise langweilig wurde. Ich hasste Langeweile. Lieber hätte ich irgendetwas getan oder einfach nur geschlafen.

„Kümmere dich um deine Angelegenheiten", gab sie kurz angebunden zur Antwort, ohne die Augen von ihrem Telefon zu nehmen.

„Gestern Abend war unglaublich", sagte ich schnell und schaute aus dem Fenster, das würde sie sicher dazu bringen, ihre Augen vom Telefon wegzureißen.

„Fick dich, Blake", entgegnete sie, und wir lachten beide.

Die Abwicklung am Flughafen verlief glatt und problemlos, und im Handumdrehen waren wir unterwegs nach Columbia.

„Das Essen hier ist wirklich gut", versuchte ich, ein kleines Gespräch mit Amber zu führen, aber sie war nicht wirklich interessiert. Sie war in ihre Musik-Playlist vertieft und nicht in der Stimmung zu reden. Nach einer Weile wurde mir wieder langweilig, und ich holte ein Buch hervor, das ich zuvor eingepackt hatte. Es war etwas über die Französische Revolution. Aber auch die Lektüre langweilte mich rasch, und im Handumdrehen schlief ich ein.

Nach dem Einschlafen kamen Träume ... ich wurde in einen Boxring geworfen. Mein Gegner? Nancho Fernandez. Wir schätzten uns gegenseitig ab, redeten schmutzig und provozierten einander, als ich einen Schlag auf meine Schulter spürte ...

„Yo! Wach auf, wir landen gleich", es war Amber, die mich mit ein paar Tritten und einem sehr lauten Flüstern geweckt hatte.

Ich blickte nach draußen und beobachtete den Vollmond, der am Himmel über der Spitze des Flugzeugflügels schwebte, und stellte mir kindlich vor, dass er eine Freifahrt machen würde. Als wir die Wolken durchbrachen, sah ich eine Lichtinsel, die von perfekter Dunkelheit umgeben war, wir waren in Kolumbien.

Wir ließen unsere Pässe vom Zoll kontrollieren, und in kürzester Zeit wurden wir abgefertigt, und mit einem „Willkommen in Kolumbien" des Beamten, der stark mit spanischem Akzent sprach, durchgewunken. Wir hatten kein anderes Gepäck als das, was wir aus dem Flugzeug getragen hatten. Gleich außerhalb des Flughafens fanden wir uns in einem Gebiet wieder, das sich wie ein Meer anfühlte, nur dass es mit Menschen gefüllt war.

Columbia war heiß, heißer als Amerika. Die Leute schrien und kicherten, verkauften Zeitungen, Snacks und alles Mögliche, das Treiben hier war anders. Es war mehr wie ein Getümmel.

Wir schoben uns durch das Meer der Menschen, unsere Augen huschten hin und her, wir suchten nach unserem Abholer. Wie war noch mal sein Name? James, ja, James, so hatte Tommy ihn genannt. Nach endloslangem Herumschauen hörten wir jemanden einen Namen rufen, den wir beide kannten: „Amber!"

Als ich mich umdrehte, um die Person zur Stimme zu finden, fand ich mich von Angesicht zu Angesicht jemandem gegenüber, den ich mir völlig anders vorgestellt hatte. Als ich an jemanden dachte, der den Namen James trug, stellte ich mir einen kaukasischen Mann vor, ein wenig Muskeln und vielleicht krauses

Haar. Ich lag falsch, dieser Typ hier war wie drei Männer in einem. Er war riesig und hatte diese besondere Rauheit an sich, wie jemand, der frisch aus dem Dschungel kam.

„Welcome to Columbia", seine tiefe Stimme erklang, als er seine Hand Amber reichte.

„Woher wusstest du, dass wir es sind?", stellte Amber eine Frage und ignorierte seinen Gruß.

„Dein Vater hat ein Bild geschickt. Deshalb wusste ich es", antwortete er und lächelte.

„Und du musst Blake sein", flüsterte er den letzten Teil, als ob er plötzlich bemerkte, dass uns jemand in der Nähe belauscht. Als ich seine Hand schüttelte, bemerkte ich, dass ich ihn nicht spüren konnte. Während meiner langjährigen Erfahrung hatte das Treffen mit Menschen immer etwas in mir ausgelöst, aber bei ihm war der Fall anders. Ich sollte eine Art von Emotion spüren: Anziehungskraft, Angst, Wärme – aber nicht bei James. Er war nur vage bekannt. Tatsächlich war das Einzige, was meine Sinne mir sagten, dass unter dem Duft des unverkennbaren Kölnisch Wasser ein starkes Aroma von Marihuana zu vernehmen war, was seine roten Augen erklärte.

„Komm schon … lass dich aus dieser Hitze herausholen", sagte er und ich bemerkte plötzlich, dass der Ort wirklich heiß war.

„Tommy sagte, dass Sie uns alles besorgen würden, was wir benötigen?" Mir schien es nur sicher, dieses Thema sofort anzusprechen.

„Ja, natürlich, alles, was du brauchst", lächelte er mich an, als wir uns auf den Weg zum Parkplatz machten und in einen ziemlich aufgemotzten Land Rover stiegen.

Wir fuhren eine Weile, ohne zu reden. Ich war etwas müde, obwohl ich im Flugzeug geschlafen hatte. Gleichzeitig war ich aufgeregt, aber aus den Millionen kleiner Kuriositäten, die mir in den Sinn kamen, fiel mir nichts ein, worum ich bitten könnte. Stattdessen blitzte mein Verstand zu Amber auf, sie war eine Weile ruhig gewesen, und ich wusste nicht warum. Vielleicht versuchte sie, sich zu konzentrieren?

„Nanchos Territorium ist seit dem letzten Mal, als du hier warst, viel größer geworden", die Aussage von James richtete sich offensichtlich an mich. Amber hatte noch nie zuvor einen Fuß nach Kolumbien gesetzt.

„Was du nicht sagst", meinte ich und wollte mehr hören. So fuhr er fort.

„Oh ja, das hast du richtig gehört. Er kontrolliert nun die oberen Randgebiete des Südens, sein Geschäft hier ist größer denn je.

Seine Produkte gibt es überall und seine Männer auch", berichtete James.

„Dieser Motherfucker! Er hatte immer ein gutes Gespür fürs Geschäft", lächelte ich und nickte langsam mit dem Kopf.

Wir fuhren weiter, und für eine Weile konnte ich die große Insel der Stadtlichter vor mir sehen. Dann bog James plötzlich scharf von der Straße ab und auf einen Feldweg, und die Stadt verschwand aus unserem Blickfeld.

„Warum fahren wir nicht in die Stadt?", fragte Amber und war zum ersten Mal, seit wir auf der Straße waren, überhaupt zu hören.

„Wir müssen vorsichtig sein, wenn wir dorthin gehen. Glaub mir, Nancho gehört die ganze Stadt." Und wir verstanden genau, was er meinte, wir mussten vorsichtig sein. Wir fuhren weiter, Scheinwerfer trieben ihr Licht durch die Dunkelheit. Im Lichtschein erkannten wir langes trockenes Gras, viel Dickicht aus kleinwüchsigen Sträuchern und wilde Sisalpflanzen. Weiter ging es an einer Ranch vorbei, und dann bogen wir in eine kurze, schmutzige Straße ein, die zwischen zwei Reihen heruntergekommener Holzhäuser verlief. Schließlich, direkt hinter einer wackeligen Holzplakatwand mit einigen spanischen Wörtern, die ich nicht lesen konnte, stießen wir auf eine heruntergekommene Bar, die sich ironischerweise Goldpoint Hotel nannte.

„Wir werden morgen in die Stadt fahren, lass uns jetzt etwas essen", sagte er, als er die Tür des Land Rover zuschlug.

Die Bar war ungewöhnlich niedrig und stickig. Es war wirklich anders als an den Orten, an denen ich in Kolumbien schon gewesen war. Der ganze Raum wurde mit Kerosinlampen beleuchtet, die ihn nach einem ausgewogenen Verhältnis von Benzin und brennender Kleidung riechen ließen. Die Männer, die wir an der Bar trafen, schienen nicht einmal zu bemerken, dass gerade drei Amerikaner in die Bar gekommen waren. Sie unterhielten sich einfach weiter, rissen Witze und lachten laut. Wir schafften es, Platz an einem Tisch zu finden. Wir hatten unsere Ärsche gerade platziert, da kam eine Frau, vermutlich die Barkeeperin, in Khaki-Shorts und mit einer verblassten Bluse gekleidet, zu uns.

„Was möchtest du essen?" Toll! Sie sprach Englisch.

„Bring etwas gebratenes Huhn und Bier mit", antwortete James für uns alle. Die Art und Weise, wie er der Barkeeperin sprach und die Bestellung aufgab, ließ darauf schließen, dass er hier Stammkunde war.

„Ich bin gleich wieder da", sagte die Frau, und damit war sie weg.

Amber und James begannen ein Gespräch miteinander, während ich mit meinen Gedanken allein sein konnte und mich umsah. Die Wände sahen alt aus, die Tapete verblasste und löste sich in breiten Streifen ab. Meine Augen wanderten an der Bar hin und her, musterten jeden Mann und ich versuchte, jeden Einzelnen irgendwie einzuschätzen. Aber sie schienen alle gleich zu sein, waren Männer mittleren Alters, die wahrscheinlich den ganzen Tag gearbeitet hatten und hierherkamen, um mit wenig Geld etwas vorübergehendes Glück zu erleben.

„Genieße das Essen", sagte die Barkeeperin, als sie ein großes Tablett Huhn und einige Flaschen Bier auf dem Tisch abstellte. James griff zuerst zu und riss eine Hühnerschleife ab, nachdem er sein Bier geöffnet hatte. Wir starrten ihn nur an, sein Appetit war beachtlich.

„Oh … Ich hatte den ganzen Tag nichts Richtiges", meinte er entschuldigend, während ihm die Hühnersauce vom Kinn tropfte. Wir nickten und lachten, bevor wir uns auf das Essen stürzten.

„Das ist wirklich gutes Huhn", stellte Amber fest, etwas, worüber wir uns beide einig waren. Das Bier war gekühlt und beruhigend, es fühlte sich an wie etwas, nach dem ich mich den ganzen Tag über gesehnt hatte.

„Jetzt sag mir, Blake, wie willst du ihre Schwester rausholen", fragte James und zeigte auf Amber, als er den Inhalt seiner zweiten Flasche leerte.

„Ich habe schon einmal mit ihm zusammen-gearbeitet und kenne alle seine Sicherheitssysteme", erklärte ich und schob mir noch ein paar Hühnerstücke in den Mund.

„Erzähl mir mehr darüber", er rückte näher zu mir und war wirklich interessiert.

„Jeden Tag gegen 17 Uhr fährt ein Lieferwagen auf sein Anwesen. Der ist immer voll mit Geld und Heroin, täglich. Der Lkw wird in einem seiner Lagerhäuser verladen, nur wenige Blocks von seinem Haupthaus entfernt. Um hineinzukommen, müssen wir in diesem Lastwagen sitzen", sagte ich und hielt meine Arme vor der Brust verschränkt. Die Worte kamen mir mit Leichtigkeit über die Lippen. Eigentlich klang die Idee ganz einfach.

„Scheint ein guter Plan zu sein. Was wird unser Ausweg sein?", fragte Amber direkt.

„Wir kommen genauso raus, wie wir reingekommen sind, Amber. Der Truck fährt 17 Uhr hinein und um 17:20 Uhr wieder raus. Also haben wir etwa 20 Minuten Zeit, um Lucy zu holen und die Hölle wieder zu verlassen", antwortete ich sanft.

Auf dem Papier sah der Plan gut aus, aber es würde schwierig werden, das wusste ich natürlich. Sich unbemerkt einzuschleichen, die Scharfschützen und Sicherheitskräfte zu meiden, das erforderte eine ganze Menge Geschicklichkeit. Wir würden alle unser Bestes geben müssen.

„Was brauchst du für morgen?", fragte James nach einer kurzen Schweigeminute.

„Amber, gibt es etwas Besonderes, das du brauchst?" Ich blickte in ihre Richtung.

„Nein, ich werde deiner Führung in dieser Sache folgen", antwortete sie und lehnte sich auf dem Stuhl zurück.

„Okay. Wir bräuchten zwei Kevlarwesten, Handschuhe, Masken, bequeme Kleidung, Stiefel und ich denke, das genügt", zählte ich auf, und James schrieb einige Dinge auf einen kleinen Notizblock, den er aus dem Nichts geholt zu haben schien.

„Was ist mit Waffen?", fragte er.

Dumm von mir, ich hätte fast das Wichtigste vergessen. „Oh, das hätte ich fast vergessen. Ich würde ein kleines Taschenmesser und eine 9 mm Smith & Wesson M&P Serie benötigen", fügte ich hinzu.

„Was ist mit dir, Amber?", fragte er, während er wieder kritzelte.

„Nicht viel, nur eine 45 ACP 1911", antwortete sie.

Ich war beeindruckt, sie kannte sich mit Waffen gut aus.

„Okay dann, alles notiert", lächelte James, und der Notizblock verschwand wieder. Er bestellte mehr Bier und etwas mehr Huhn, bevor wir entschieden, zu Bett zu gehen.

Es stellte sich heraus, dass James außerhalb der Stadt lebte, sein Haus befand sich sogar in der Nähe. Kein Wunder also, dass er so vertraut mit der Barkeeperin war. In wenigen Minuten erreichten wir sein Haus, wo wir auf eine Frau trafen, die uns gleich begrüßte, als wir aus dem Land Rover stiegen.

„Leute, ich möchte euch meine Freundin vorstellen, sie heißt Mariana. Sie spricht aber nicht viel Englisch", lächelte James, und Mariana schüttelte jedem freundlich die Hand, bevor sie zurück ins Haus ging.

„Du weißt, was sie über Latinas sagen, sie ficken gut", sagte James mit gesenkter Stimme, und wir lachten über den Kommentar. Dann gingen wir alle hinter ihm ins Haus.

Ich warf mich in der Nacht unruhig hin und her in meinem Bett und fand es schwer zu schlafen. Der Deckenventilator drehte sich mit hoher Geschwindigkeit, aber der Raum fühlte sich immer noch heiß an, wie von einem Kaminfeuer beheizt. Außerdem war James damit beschäftigt, sein Mädchen im Raum nebenan zu ficken. An Schlaf war also nicht zu denken. Deshalb zog ich ein Hemd an und beschloss, ein wenig aus dem Haus zu gehen. Als ich die Haustür schloss, traf ich auf Amber.

„Was machst du hier draußen", fragte ich sanft und viel leiser als sonst.

„Ich konnte nicht schlafen. Und du?", erwiderte sie.

„Ich finde auch keinen Schlaf", antwortete ich.

„Etwas muss dir durch den Kopf gehen", vermutete sie. Plötzlich wehte ein Nachtwind herein, der die Hitze etwas linderte.

„Nebenan fickt James seine Mariana ziemlich lautstark, da fällt es schwer, an was anderes zu denken", sagte ich und wir lachten beide darüber. Nach dem Lachen wurde es still. Wir schwiegen und ließen die Stille sich ausbreiten. Überrascht erkannten wir in der Ruhe vieles, das vorher nicht dagewesen zu sein schien. Grillen zirpten laut, die Frösche quakten und ein sanfter Wind pfiff durch die Kronen der Bäume. Ich war einen Moment sehr glücklich, dass ich diese Dinge noch wahrnehmen konnte und Freude daran hatte. Das bedeutete, dass ich doch noch ein Mensch war. Wir blieben draußen, bis uns die Brise frösteln ließ. Da gingen wir hinein und wünschten einander gute Nacht.

Die Sonne war schon aufgegangen, kurz bevor ich aufstand. James und die Damen bereiteten bereits das Frühstück zu, als ich aus meinem Zimmer trat.

„Guten Morgen, Mann. Wie war dein Schlaf?", fragte James fröhlich, während er dabei war, ein paar Eier in einer Pfanne zu wenden. Es sah seltsam aus, einen Mann, so groß wie er, dabei zu beobachten, wie er diese kleinen Eier umdrehte. Seine Hände hätten fast die ganze Pfanne bedecken können.

„Ich vermisse mein Bett", antwortete ich, gähnte und streckte mich faul.

„Vermissen, was? Ich konnte dein Schnarchen von meinem Zimmer aus deutlich hören", warf Amber ein, und wir lachten.

„Nimm Platz, James Menü 101 kommt sofort!" Seine Worte weckten meine Hoffnung auf ein gutes Frühstück, aber als wir fertig waren, dachte ich, ich hätte einfach ein Bier trinken sollen. Er war wahrscheinlich gut darin, Menschen ins Jenseits zu befördern und Drogen zu verschieben, aber Kochen war definitiv nicht seine Stärke. Amber stimmte in diesem Punkt sogar mit mir überein.

„Ich würde gegen elf Uhr in die Stadt fahren, wollt ihr mitkommen?", fragte James, als er unsere Teller wegräumte.

„Kommt darauf an, wohin wir gehen", antwortete Amber und leerte ein Glas Wasser.

„Ich bin auf dem Weg in die Stadt. Ich brauche die von mir bestellten Sachen", meinte James.

„Ich werde gehen", sagte ich diesmal.

„Was ist mit dir, Amber, bist du bereit, in die Stadt zu fahren?", wandte James sich an Amber und lächelte schon wieder. Er schien ständig zu lächeln.

„Ich schätze, ich werde einfach mitkommen", antwortete sie achselzuckend.

Die Fahrt in die Stadt war ziemlich lang. Wir fuhren am Goldpoint Hotel vorbei, durch die dicken Büsche, bevor wir auf den unbefestigten Weg abbogen, den wir in der Nacht unserer Landung genommen hatten. Nach einer Weile wandten wir uns freieren Straßen zu, den modernen, an die ich gewöhnt war.

Die Atmosphäre in der Stadt war anders, das Drängen und die Geschäftigkeit der Menschen signalisierten deutlich, dass wir in eines der größten Gebiete von Nancho gelangt waren. Ich dachte daran, was James letzte Nacht sagte, nämlich wie Nancho alle Drogen in der Stadt transportierte.

Meine Augen huschten hin und her und versuchten, Menschen auszumachen, die Drogen in kleinen Mengen transportierten. Meistens waren es kleine Jungen und Teenager, aus kolumbianischer Sicht. Ich war lange genug auf der Straße gewesen, um die Händler zu finden, und einen Deal über die Bühne zu bringen. Diejenigen, die die Drogen bei sich hatten, gingen anders, sprachen anders, als würden sie verfolgt oder so.

Sie waren immer auf der Hut und hingen an Straßenecken herum, damit sie die Käufer anziehen konnten. Ich beobachtete, wie ein Deal zustande kam und wunderte mich über mehrere Tausend andere, die vor dem Ende des Tages in der Stadt noch zustande kommen würden. Allein von dort aus verdiente Nancho Millionen von Dollars.

Natürlich drängte er nicht allein auf die Straße, seine Drogen waren überall. Schulen, Büros, Nachtclubs, sie flossen wie ein Ozean durch die Stadt. Er hatte die Stadt wirklich eisenhart fest in seinen Krallen. Er beherrschte wahrscheinlich auch die Hälfte der Polizei mit Bestechungsgeldern und viele andere Leute in der Regierung. Gerüchten zufolge hatte er sogar die politische Kampagne des aktuellen Präsidenten finanziert.

„Du weißt, dass Nancho immer noch deinen Kopf haben will", brach James das Schweigen, und was er sagte, klang eher wie eine Frage.

„Ich schätze schon", antwortete ich, und die Erinnerung an die letzten Ereignisse blitzte sofort in meinem Kopf auf.

„Keine Sorge, du bist hier bei mir sicher", lächelte James und nickte. Ich fragte mich, warum er diese Art von Zusicherung geben konnte, denn er hatte keine Armee wie Nancho zur Verfügung. Nun, er war gebaut und stark wie drei Männer, und vielleicht zählte das.

„Wir sind da", kündigte er an, als er seinen alten Land Rover an den Rand der Straße lenkte, um vor einem alten Laden anzuhalten. „Bleib hier", sagte er, als er die Autotür schloss.

Ich beobachtete ihn, als er in den Laden verschwand und fragte mich, welche Art von Geschäft er machte.

„Du denkst, dass er von dort unsere Waffen und den anderen Scheiß bekommt?", sprach Amber in meine Gedanken und legte eine Hand auf meine Schulter. Ihre Handfläche fühlte sich weich und ungewöhnlich warm an.

„Ich denke schon, scheint mir so", antwortete ich.

James kam so schnell heraus, wie er reingegangen war, nur dass er diesmal eine Tasche trug.

„Hier hast du deine Scheiße", sagte er und ließ die Tasche auf meinen Schoß fallen. Dann startete er den Motor.

Ich öffnete den Reißverschluss und überprüfte den Inhalt. Alles perfekt, wir konnten jetzt starten. Wir fuhren zurück zum Haus und begannen mit den Vorbereitungen für die Mission. Es war 14 Uhr und nach meinen Berechnungen mussten wir um 15 Uhr aufbrechen, um vor 17 Uhr beim Lieferwagen zu sein. Ich zog meine Ausrüstung und Stiefel an und befestigte meine Kevlarweste, danach trat ich aus meinem Zimmer.

„Du siehst aus, als wärst du gerade von einem Militärstützpunkt oder so weggegangen", lachten Amber und James. Sie war bereits ebenfalls umgezogen.

„Lasst uns loslegen", sagte ich und war schon an der Tür.

James ließ seine Schüssel mit Chips fallen und hob die Autoschlüssel auf. Wir traten aus dem Haus, und Mariana winkte uns zu, als der alte Land Rover im Busch verschwand.

Wir gingen den Plan noch einmal durch, als wir in die Stadt fuhren. Dabei achteten wir auf mögliche Fehlerquellen und besprachen, wie wir sie vermeiden konnten. Ich hoffte nur, dass alles gut funktionierte. Das musste es einfach, wir konnten es uns nicht leisten, zu scheitern.

James parkte seinen Land Rover wenige Gebäude vom Lager mit dem Lieferwagen entfernt, und wir beobachteten die Arbeiter. Ich prüfte meine Uhr, es war gegen 16 Uhr. Wir warteten etwa dreißig Minuten, und als der Weg frei wurde, setzten wir uns in Bewegung. James fuhr am Lager vorbei und hielt etwa

zwanzig Sekunden lang in der Nähe des Liefer-
wagens an. Dieses kleine Zeitfenster gab Amber und mir die Möglichkeit, sich unter einige
Kartons Kokain auf der Rückseite des Wagens
zu schleichen. Worauf auch immer der Fahrer
gewartet hatte, es trat nach einer gefühlten
wigkeit – auch wenn es nur 30 Minuten waren
– offenbar endlich ein, denn der Truck fuhr an.

Der Lkw bewegte sich einige Minuten lang
und dann trat der Fahrer die Bremsen und verlangsamte das Tempo. Ich konnte einige
männliche Stimmen hören, die draußen Spanisch murmelten. Wir waren in Nanchos Resi-
denz angekommen. Ich wusste, dass der Truck
in etwa fünf Minuten ganz zum Stehen kommen würde, also warnte ich Amber bereits, wir
würden gleich loslegen.

„Du musst bereit sein, dich auf das kleinste
Zeichen hin zu bewegen. Wir sind schon in der
Nähe seines persönlichen Lagers", kündigte

ich Amber an. Der Lastwagen hielt nur wenige Sekunden nachdem ich gesprochen hatte, die Männer draußen unterhielten sich auf Spanisch, während wir geduldig warteten.

Sonnenlicht strömte in den Truck, als er geöffnet wurde, zwei Männer begannen sofort mit dem Entladen, während wir warteten. Ich wusste, dass sie eine Pause vom Entladen machen würden, um einige Freigabepapiere zu unterschreiben; ein Vorgehen, das Nancho während meiner Zeit mit ihm eingeführt hatte. Sie packten weiter aus und es schien, als würden sie nicht aufhören. Amber sah mir in die Augen, ich konnte ein wenig Angst spüren. Sogar mein Herz raste schon, das Adrenalin strömte langsam in meinen Blutkreislauf und ich war bereit, meine Waffe zu benutzen, wenn es nötig war. Sie hörten schließlich auf mit dem Entladen und gingen auf die andere Seite. Ich seufzte, erleichtert.

„Komm schon", rief ich Amber laut flüsternd, als wir aus unserer Kokainhülle und vom Truck stiegen. Wir befanden uns auf der Rückseite des Hauses, also war der nächste logische Schritt, das Lagerhaus zu nehmen und in das Haus zu schleichen. Wir drangen schnell in das Lagerhaus ein, und unsere Körper verschmolzen mit der Dunkelheit, in der wir verschwanden.

„Wir haben, sagen wir mal 18 Minuten, um deine Schwester zu schnappen und zu hier zu verschwinden", sagte ich gedämpft zu Amber, als wir uns der Tür näherten, die zum Basisflur führte.

„Ich dachte, du sagtest 20", stöhnte Amber, doch sie folgte meiner Führung.

Normalerweise hatte Nancho niemanden in diesem Flur stationiert, er war immer ungewöhnlich vertrauensselig. Ich öffnete die Tür leise und schaute nach draußen, die Luft war rein, wir durften uns hineinschleichen.

„Komm schon", winkte ich Amber zu, als wir über den Flur zu einer Treppe sprangen. Hier würde es richtig knifflig werden. Wir duckten uns unter die Stufen und beobachteten, was über uns vorging, bevor wir die Treppe benutzten. Dort standen drei mit Sturmgewehren bewaffnete Männer faul herum. Ich nahm einen Kieselstein und warf ihn auf die andere Seite. Die Männer murmelten etwas auf Spanisch, dann gingen sie weg, um zu prüfen, woher das Geräusch gekommen war.

Wir liefen rasch weiter, und als sie zurückkamen, waren wir an der nächsten Tür vorbeigekommen.

„Wenn ich raten müsste, würde ich darauf tippen, dass er deine Schwester in einem dieser kleinen Räume da oben festhält", sagte ich und zeigte nach oben, als wir uns schon der nächsten Treppe näherten. Dort war nur ein Mann postiert, und zwar vor der dritten Tür links. Das war ungewöhnlich, er bewachte offensichtlich etwas – oder vielleicht jemanden?

„Wir müssen ihn da weglotsen", flüsterte Amber mir zu. Die Zeit schien zu rasen.

„Mensch, willst du ihn hier erschießen?", mein Flüstern war lauter als ihres.

„Nicht dumm, schlag ihn einfach k.o. Du solltest es besser wissen", sie kicherte. Ich grinste. Sie bezog sich auf die erste Nacht, als wir Sex hatten.

„Schön, du machst es", winkte ich sie mit den Händen nach vorne und trat zurück.

Während ich mich noch fragte, wie sie es machen wollte, ihn möglichst geräuschlos niederzuschlagen, bevor er Alarm schlagen konnte, strebte sie schon voran. Sie hockte sich hin und kroch geschmeidig und lautlos wie ein Reptil zur Treppe. Sie wusste, es war besser, nicht gesehen zu werden. Sie kletterte mit Schwung die Treppe hinauf und flüsterte mir etwas zu, als ich vorbeikam. Ich verdrehte die Augen und folgte ihr, sie war jetzt verantwortlich. Der Mann war nur ein paar Schritte von uns entfernt, die Wendung an der Treppe war unsere einzige Deckung.

„Schnippe mit den Fingern", befahl sie leise.

„Warte! Was?", fragte ich entsetzt. „Willst du uns umbringen?"

„Tu es einfach", zischte sie zwischen den Zähnen hindurch.

Meine Stirn legte sich angespannt in Falten, aber ich gehorchte, zog einen Handschuh aus, dann schnippte ich mit den Fingern. Der Mann ließ ein Grunzen hören und bewegte sich auf die Stelle zu, aus der er das Geräusch vernommen hatte. Amber legte einen Finger auf ihre Lippen und gab mir ein Zeichen, still zu sein, bevor sie einen Countdown mit ihren Fingern herunterzählte. Sie nahm ihre Waffe eraus und in 3, 2, 1, bumm! Mit dem Griff ihrer Waffe schlug sie dem Mann mit aller Kraft auf den Schädel. Rasch streckte ich meine Arme aus, um ihn aufzufangen, dann ließ ich ihn sanft auf den Boden gleiten.

„Oh, das wird er tagelang spüren", sagte ich, als ich ihn abgelegt hatte.

„Die Tür ist verschlossen", stellte Amber fest, als sie mehrmals versuchte, sie zu öffnen.

„Ruhig Blut, ich werde ihn durchsuchen, er muss einen Schlüssel haben", beruhigte ich sie, während ich ihn durchsuchte. Ich hatte recht, er hatte einen Schlüssel.

Amber schob den Schlüssel in das Loch und drehte ihn rasch, um die Tür zu öffnen. Und tatsächlich: Im Innern befand sich eine Person. Ich hatte mich nicht geirrt.

„Oh Lucy", Ambers Stimme war leise, als sie zu ihrer Schwester eilte. Lucy war zu müde, um zu zeigen, wie glücklich sie über den Anblick von uns war. Sie war nicht verletzt oder blutig, wie ich es mir vorgestellt hatte, wohl aber hungrig, und sie schaute dehydriert aus.

„Komm schon, lass uns dich hier rausholen", flüsterte Amber und gab ihr einen Kuss auf die Stirn, während ich ihre Fesseln mit dem scharfen Taschenmesser, das ich mitgebracht hatte, durchschnitt. Wir nahmen sie an die Hände, kamen an der immer noch bewusstlosen Wache vorbei und gingen schnell die Treppe hinunter.

„Komm rein, hier rüber", raunte ich Amber zu, und wir nahmen einen anderen Weg zum Lieferwagen. Wir schlichen an einigen Wachen vorbei, und drei Minuten später waren wir sicher im Truck versteckt. Ich seufzte, als der Wagen sich endlich in Bewegung setzte, die erste Schlacht war gewonnen!

„Wie fühlst du dich, Lucy", fragte ich sie, nachdem sie ein gutes Essen bekommen hatte. Wir waren jetzt wieder bei James zu Hause.

„Mir geht es besser, danke", antwortete sie. „Macht es dir was aus, mir deinen Namen zu sagen?", fragte sie, bevor ich das Zimmer wieder verließ.

„Ich bin Blake, Blake Stone", antwortete ich, bevor ich hinausging.

Es wurde schon dunkel, und die Abendgrille zirpte laut und unentwegt ihre Melodien, als ich aus dem Haus trat. Amber war bereits draußen und paffte eine Zigarette. Sie war ruhig und lächelte, als sie mich sah.

„Wie geht es ihr?", fragte sie und ließ den Rauch aus ihren Nüstern strömen.

„Es geht ihr gut", erwiderte ich und zuckte mit den Achseln. Dann versenkte ich meine Hände in die Hosentaschen.

„Bestellt Tommy einen lieben Gruß von mir", das waren die letzten Worte, die James zu uns sagte, als wir in das Flugzeug zurück nach Amerika stiegen. Wie immer war der Flug für mich äußerst langweilig. Amber und Lucy hingegen hatten viel zu besprechen. Also zog ich das Buch über die Französische Revolution wieder heraus, und es ließ mich nach wenigen Seiten darüber einschlafen.

Als ich aufwachte, verkündete der Pilot, dass wir in wenigen Minuten landen würden, also schnallte ich meinen Sicherheitsgurt an. Amerika fühlte sich anders an als Kolumbien.

Der hetzende Geist war ein anderer und das geschäftige Treiben war nicht zu vergleichen.

Derselbe Fahrer, der uns zum Flughafen gefahren hatte, brachte uns zurück. Tommy und die anderen Jungs warteten bereits vor dem Haus, als der Fahrer den Motor abstellte und das Auto zur Ruhe brachte.

„Oh Lucy", seufzte Tommy, als er seine Tochter umarmte. Ich konnte seine Erleichterung aus einer Meile Entfernung spüren. Er war überglücklich, dass sie wieder zu Hause war.

„Haben sie dir wehgetan?", fragte er und schob sie ein wenig von sich, um zu anzuschauen.

„Mir geht es gut, Tommy", nannte auch sie ihn beim Vornamen. Ich schätze, sie hatten darüber eine Art Abkommen.

„Kommt rein, das Essen ist fertig", winkte er uns zu.

Ich ging in mein Zimmer, nachdem ich ein paar Worte zu Amber gewechselt hatte, ich brauchte ein Bad nach diesen Tagen in Kolumbien. Mein Kopf war voller Gedanken an den Traum, den ich auf dem Flug nach Columbia hatte, wo ich mich und Nancho Fernandez in einem Boxring gesehen hatte. Ein Teil von mir wollte die Mission aufgeben, den Mann finden, der mir ein Kreuz auferlegt hatte und ihn erledigen. Doch ich würde damit alles wegwerfen, das Leben von Amber und Lucy riskieren und Tommys Pläne gefährden. Außerdem würde ich das Haus nur noch mit einem Leibwächter verlassen können. Nicht mal der Teufel selbst konnte Nancho ohne Unterstützung in seinem eigenen Haus umbringen.

Tommy nannte es Abendessen. Aber was wir hatten, war ein verdammtes Fest! Überall, wo ich mich hinwandte, gab es feine Speisen aller Art, aus wahrscheinlich jedem Winkel der Welt. Ich sah sogar ein gebratenes Schwein von der Größe meines Oberkörpers! Tommy winkte mit den Händen und wir tauchten ein, Gabeln und Löffel klapperten Musik auf den Tellern, während wir feierten.

Mitten in unserem Abendessen räusperte sich Tommy und wandte sich an uns.

„Ich möchte das Glas auf Blake und Amber erheben, für den guten Job, Lucy zurückzuholen. Ich weiß, was ihr getan habt, war nicht einfach gewesen. Auf Blake und Amber!", rief er und hob sein Glas.

„Auf Blake und Amber!", erwiderten sie alle im Chor, und die Männer und Frauen klatschten und jubelten.

„Wie ist es dir ergangen, Lucy?" fragte Tommy sie, nachdem alle verstummt waren.

Sie ließ ihr Glas Rotwein sinken, legte ihre Gabel beiseite und erzählte:

„Nun, wie Ihr wisst, waren wir an der nördlichen Grenze und warteten darauf, dass unsere Kunden auftauchten, als zwei Autos ankamen, die Männer von Nancho Fernandez", es war totenstill, während sie sprach, sie war hier eine angesehene Person. „Sie sagten, sie wären da, um uns zu beschützen. Ich glaubte ihnen wegen des Waffenstillstands, den Tommy mit Nancho vereinbart hatte. Sie kamen hinter uns, und bevor ich überhaupt denken konnte, feuerten sie mehrere Schüsse ab. Bill und Oliver lagen in einer Lache ihres Blutes, und ich war die einzige, die noch übrig war. Ich dachte daran, zurückzuschlagen, mir den Weg frei zu machen, aber das würde ich nicht überleben, ich war allein, also stand es sechs zu eins. Sie zogen mir eine Stofftasche über den Kopf und schoben mich in eines der Autos. Ich schätze, sie haben auch unsere Lieferung mitgenommen."

Ich lauschte aufmerksam, während sie berichtete. Und da habe ich mir selbst ein Versprechen gegeben: Ich würde derjenige sein, der die Kugel auf Nancho abfeuert. Ich würde ihn töten.

„Keine Sorge, Lucy, du bist jetzt zu Hause", sagte Tommy sanft und streichelte ihre Hand, als wir unser Essen fortsetzten.

Ich war draußen und genoss den kühlen Abendwind, als ich jemanden hinter mir spürte. Es wurde jetzt schon zu einer Gewohnheit, dass ich jede Nacht hinausging, um den Wind auf meiner Haut zu spüren, die Tiere zur Nachtmelodie singen zu hören. Ich liebte es, es war wunderschön, und es machte mich jedes Mal irgendwie warm im Innern.

„Wie hat mein Vater dich kennengelernt?", hörte ich Lucys. Sie war es, die ich hinter mir fühlte.

„Ähm, das ist eine lange Geschichte", wich ich aus und fragte mich, ob es ratsam war, ihr zu sagen, dass ich nach dem Sex mit ihrer Schwester entführt wurde.

„Sag es mir", drängte sie. „Nun, Amber hat mich hierhergebracht", antwortete ich, was der Wahrheit entsprach. Lucy lachte. Warum lachte sie? Hatte ich unbewusst etwas Lustiges gesagt?

„Beruhige dich, lass mich raten. Ihr habt die Nacht zuvor gefickt, und dann hat sie dich am nächsten Morgen ausgeschaltet und hierhergebracht", sagte sie amüsiert und schaffte es gerade noch, die Worte zwischen kurzen Lachsalven zu auszusprechen. Ich war irritiert.

„Warte, hat sie es dir schon gesagt?", fragte ich, denn das war die einzig logische Erklärung.

„Nein, ich habe nur geraten. Sie hat es schon einmal getan", antwortete Lucy belustigt.

Wir unterhielten uns noch eine Weile danach. Wir sprachen über Waffen, Musik und einige andere Dinge, bevor wir beschlossen, es für den heutigen Abend dabei zu belassen.

Ich wachte auf, weil Hände mich überall berührten, als ob jemand nach etwas an mir suchen würde. Ich öffnete meine Augen und rollte mich rasch zur Bettkante hinüber.

„Wer ist da?", flüsterte ich, während meine rechte Hand schon nach der Waffe griff, die ich unter meinem Bett versteckt hatte. Die Lichter waren aus, also war es wirklich schwierig für mich, etwas zu sehen. Dann schaltete plötzlich jemand das Licht ein, und ich erblickte Amber und Lucy, die lachten.

„Komm schon, leg die Waffe weg", brachte Lucy hervor, während sie weiter lachte.

„Was ist los? Ich hatte wirklich eine Minute lang Angst und dachte, ich werde gleich gefesselt oder entführt." Meine Worte brachten sie noch mehr zum Lachen.

„Entspanne' dich, Mann, niemand wird dich kidnappen", beruhigte mich Amber, und ihr Lachen ließ nach.

„Warum seid ihr beide hier?", fragte ich, nachdem sie endlich aufgehört hatten zu lachen.

„Nun, wir kamen, um dir für das zu danken, was du getan hast, indem du mich gerettet hast und alles", sagte Lucy sanft, als beide Mädchen langsam auf mein Bett zukamen.

„Danken, mir?", fragte ich und verstand es nicht recht. Meine Augen waren auch noch nicht ganz klar.

„Ja, beruhige dich einfach, und lass uns dir danken", sprach Amber, und die beiden setzten sich auf mein Bett. Und das war es, was ich tat, ich entspannte mich, als die Mädchen ihr Ding machten.

Lucy streichelte meine Schulter, als sie sich mir näherte, sie atmete auf mein Gesicht, während Amber mir die Hose runterzog. Lucy streichelte mit ihrer Hand über meine nackte Brust, wobei sie ihre Lippen auf die meinen legte. Ich spürte, wie Ambers Hände über meine Oberschenkel glitten und ihre Finger in meine Unterwäsche fuhren, bevor sie sie herunterzog. Ich stöhnte in Lucys Mund, als Amber ihre warmen Finger um meinen Schwanz wickelte und ihn streichelte, während Lucy meine Lippen verschlang.

Beide Mädchen standen vom Bett auf und legten ihre Kleidung ab, während ich zusah. Lucy fing zuerst an, ihre Hände gingen über ihren Kopf, und ihr seidenes Nachthemd fiel auf den Boden. Sie griff hinter sich und öffnete ihren BH. Ihre wunderschönen Titten fielen heraus, was mich äußerst erregte. Sie zog ihr Höschen herunter und drehte sich um, als ich ihren wunderschönen großen Arsch sah.

Amber tat es ihr gleich, ließ ihr Nachthemd herunterfallen, befreite sich von BH und Slip. Ich hatte Amber schon zweimal ohne Kleidung gesehen, aber ihr Anblick war für mich immer noch eine höchst erregende Überraschung, einfach wunderschön, und ihre Titten waren etwas praller als die ihrer Schwester.

Sie kehrten zurück zu mir und setzten fort, was sie begonnen hatten. Lucy drückte mich in die Kissen und setzte sich mit gespreizten Beinen auf mich, während wir uns küssten. Amber ließ sich zwischen meinen Beinen nieder. Ich fühlte, wie Amber meine Beine spreizte. Meine Zehen krümmten sich, als ich ihre nasse Zunge auf meinem Schwanz spürte. Sie ließ ihre Zunge über die gesamte Spitze tanzen, umrundete die Eichel spielerisch und streichelte meine Eier mit ihrer Hand.

Lucy drückte ihre Titten gegen mein Gesicht. Ich packte Lucys Arsch, und ich saugte an ihren Brustwarzen. Dabei nahm ich mir die Zeit, sie nacheinander zu genießen. Mein Körper zitterte, als Amber meinen ganzen Schwanz aufnahm, und ich fühlte, wie meine Spitze den weichen Teil auf der Rückseite ihrer warmen Kehle berührte, wobei sie ihre Hand wie einen Knebel um meinen riesigen Schwanz presste.

Sie schlürfte und streichelte mit ihrer Zunge, ihr Kopf wackelte auf und ab, während sie mich absaugte. Lucy stand auf und schloss sich ihr an, ihre Zungen streichelten meinen Schwanz, und ich grub meine Finger in die Laken. Das Vergnügen war wild, und es war ein Gefühl, das ich noch nie zuvor gespürt hatte. Beide Mädchen wechselten sich mit Saugen und Streicheln ab, wobei ihre Finger meine Eier unablässig sanft liebkosten. Ich stöhnte tief auf.

Das Vergnügen wurde mir fast zu viel, um ganz klar zu sagen: Ihre zärtlichen Spiele machten mich verrückt. Ich wusste, dass ich bald kommen würde, doch ich wollte gleichzeitig, dass sie weitermachen. Ich versuchte, mich zurückzuhalten, um zu verhindern, dass ich explodierte. Aber wer war ich? Zwei Münder an meinem Schwanz, vier Hände auf meinen Eiern ..., das konnte ich nicht lange aushalten.

„Ich komme!", schrie ich, als ich fühlte, wie sich meine Eier zusammenzogen, und schon sprudelte mein Sperma heraus. Sie öffneten ihre Münder, streckten ihre Zungen aus, um den warmen Samen aufzunehmen. Ich war mit Schweiß bedeckt, doch schon hatten sie meinen Schwanz wieder hochbekommen. Lucy sprang zuerst auf und spreizte ihre Schenkel weit, um sich auf meinen Schwanz niederzulassen. Sie hob sich hoch, packte meinen Schwanz und führte ihn langsam in ihre warme, nasse Pussy.

Wir stöhnen zusammen, als ich in sie glitt. Ihre Handflächen ruhten auf meiner verschwitzten Brust, als ich sie füllte und vollständig in sie eingedrungen war. Ich dachte, dass Amber warten würde, bis Lucy gekommen war, aber da ich irrte ich mich. Sie hockte sich mit gespreizten Beinen über mein Gesicht und hielt meiner Zunge ihre lustvoll geschwollene Pussy hin, während sie ihre Hüften sanft hin und her wiegte. Das war der Himmel des Vergnügens, und ich mittendrin.

Lucy begann langsam und rollte ihre Hüften hin und her, sodass mein Schwanz in ihr herumzuwirbeln schien. Dann schaukelte sie mich sanft, und mein Schwanz schwoll weiter und mit Leichtigkeit in sie hinein. Amber saß noch immer auf meinem Gesicht. Lucy steigerte allmählich ihren Rhythmus, und ihre Bewegungen wurden härter und schneller, wie die Frequenz ihres Stöhnens.

Amber streichelte die Brüste ihrer Schwester mit einer Hand, während sie mit der anderen ihren Kitzler massierte. Und Lucy stöhnte immer lauter. Ich übernahm jetzt die Kontrolle, packte Lucys Arsch und hob sie ein wenig an, damit ich immer und immer wieder und fester mit rücksichtsloser Hingabe in ihre geschwollene Pussy knallen konnte. Ihr Stöhnen ging allmählich über in kleine Schreie.

Ich wusste, dass sie jetzt kurz vor dem Höhepunkt war, ihre Finger gruben sich in die Haut auf meiner Brust, als sie wild wurde und laut aufschrie. Ihr Orgasmus kam wie erwartet kurz darauf, Amber unterstützte sie, als ihr ganzer Körper zitterte und zuckte. Sie atmete schwer, als sie von meinem Schwanz herunterglitt, ihre Beine wackelten und zitterten immer noch, als sie die Position mit Amber wechselte.

Amber lächelte mich an, als sie rittlings über mich kam. Inzwischen kannten wir uns, es war unser drittes Mal, dass wir es zusammen machten. Sie biss in ihre Unterlippe, als sie auf meinen steil aufgerichteten Schwanz stieg, mein nasses Glied, das ihre glatten, nassen Pussy-Wände spaltete, als ich mich tief in sie einkuschelte.

Sie schloss ihre Augen und warf ihren Kopf zurück, als sie sich mir unterwarf, mein Schwanz füllte ihren warmen Raum, als wir zusammen stöhnten. Ich musste zugeben, Amber fühlte sich besser an als ihre Schwester, sie war wirklich gut.

„Oh fuck", seufzte Amber, als sie sich anhob und dann im Rhythmus wieder auf meinen Schwanz sinken ließ. Ihr Stöhnen verschmolz mit dem ihrer Schwester, die ihre Muschi über mein Gesicht hielt. Amber wölbte ihren Rücken, und mein Schwanz drang immer tiefer und tiefer in sie, während sie ihre Taille über meinem Schwanz hin und her schaukelte. Sie nahm meine Hände und legte sie auf ihre Brüste, meine Finger rollten ihre Brustwarzen herum, woraufhin sie lauter stöhnte.

Langsam und allmählich erhöhten wir unser Tempo, ihre Brüste hüpften in meinen Händen herum, als sie mich immer härter und schneller ritt. Es war Amber, die jetzt die Kontrolle hatte und mich vor Vergnügen fast um den Verstand brachte, während wir fickten. Sie machte unablässig weiter, ihre Hüfte bewegte sich geschmeidig, und sie klatschte ihren Arsch immer wieder auf meinen Schwanz. Lucy beachtete uns nicht weiter, sie war damit eschäftigt, ihre Brüste zu massieren, während sie erst stöhnte, dann laut aufschrie. Meine Mundarbeit schien erstklassig zu sein.

Ich war erschöpft und stand kurz vor dem Orgasmus. Amber störte sich nicht daran, sie fickte mich hart und schnell weiter, Stoß um Stoß näherte ich mich meinem Höhepunkt. Wir kamen gemeinsam zum Orgasmus, mein Sperma floss in sie hinein, als ich laut stöhnte. Ihre Flüssigkeiten waren überall auf den Laken. Meine Hände hielten sie fest, während sie schrie, und der Orgasmus brachte ihren ganzen Körper in Schwingung.

Lucy griff sich meine Finger und zog sie zu ihrer Pussy, während Amber von mir glitt; sie war wohl noch nicht ganz fertig.

„Finger mich, Blake, bitte", sagte Lucy.

Amber ließ sich auf die Kissen zurückfallen, und ich legte meine Finger zwischen die Beine ihrer Schwester.

Ich rollte meine Finger um ihre Muschi-Lippen herum und bekam etwas Feuchtigkeit auf meine Finger, womit ich mich darauf vorbereitete, sie zu ficken. Ich zog meine Finger über ihr ganzes Geschlecht, mein Daumen legte sich auf ihre Klitoris, und sie stöhnte. Ich streichelte und schnippte ihre Klitoris mit meinem Daumen, und ihr Stöhnen erfüllte meine Ohren. Sie ließ einen erstickten Schrei hören, als ich meinen Finger in ihre warme Öffnung führte, und ihre Hand packte meine Schulter. Sie war warm und nass, mein Finger wirbelte tief in ihr, als sie sich auf die Lippe biss und ihre Augen schloss. Als ich einen zweiten Finger hinzunahm, hielt sie ihr Stöhnen nicht mehr zurück. Sie stöhnte laut und kümmerte sich nicht darum, ob es jemand hören konnte. Ich fickte sie immer wieder mit meinen Fingern und stieß dabei immer tiefer in sie hinein, während ich meinen Daumen gleichmäßig auf ihrer Klitoris bewegte.

Es dauerte nur wenige Minuten, bis sie zum zweiten Mal ihren Höhepunkt erreichte. Ihre Knie wurden zu weichem Wachs, als sie über mir zusammensackte, ihr ganzer Körper zitterte von der Wirkung ihres Orgasmus.

Als wir auf das Bett fielen, schlief Amber bereits. In kürzester Zeit drifteten auch wir in den Schlaf. Lucys Brüste drückten sich fest an meine Seite, als ich einschlief.

Als ich aufwachte, waren beide verschwunden.

Quintero berief am nächsten Morgen ein Treffen ein, es war Zeit, unsere nächste Mission zu planen.

„Zuerst einmal muss ich Blake und Amber dafür loben, dass sie die ersten Schritte richtig gemacht haben. Ich kann nicht genug betonen, wie wichtig es für uns war, einen von uns da rauszuholen. Wieder einmal, gut gemacht!", lächelte er und nickte uns zu, bevor er weitermachte.

„Nun zum nächsten Punkt. Aus Kolumbien heißt es, dass Nancho Fernandez sauer ist, dass jemand in sein Haus eindringen und wieder herauskommen konnte, ohne entdeckt zu werden. Ich hörte sogar, dass er die Wache erschossen hat, die den Raum bewachte, in dem er Lucy eingesperrt hatte." Wir lachten alle, bevor er weitersprach. Es handelte sich um die

Wache, der Amber ordentlich eins übergezogen hatte, und ich stellte mir vor, wie er vor Nancho mit seinem verbeulten Schädel kniete und der Kartellkönig bellte ihn an, bevor er eine Waffe zog und ihn erschoss und dann lag der tote Mann blutüberströmt am Boden.

„Er ist wütend und wir alle wissen, wie schwer es für ihn wäre, gegen ein amerikanisches Kartell zu kämpfen. Das ist unser Vorteil. Wir werden seine Lagerhäuser auf der ganzen Welt zerstören, eins nach dem anderen, und ihn schließlich stürzen", Quinteros Faust landete auf dem Konferenztisch, begleitet von einem lauten entschlossenen Schnaufen. Dann sprach er weiter.

„Wir beginnen mit seinem Geschäft in Afrika, genau genommen in Kenia. Ich war noch nie in Kenia, aber ich hörte, dass es dort wirklich schön ist. Wir können nicht alle seine Lagerhäuser erreichen, das würde eine Menge

Ressourcen und Zeit in Anspruch nehmen. Stattdessen werden wir uns dort die größten aussuchen, wo er den überwiegenden Teil seiner Waren, Waffen, Bargeld und alles andere lagert. Wenn wir das erste zerstören, wird er wissen, dass wir hinter ihm her sind. Aber dann ist es für ihn bereits zu spät. Seine Position wird sehr geschwächt sein, und er kann nicht überall gleichzeitig sein." Immer wenn Quintero auf Nancho Fernandez zu sprechen kam, hörte man Hass in seiner Stimme. Ich vermutete, dass ihn mit Fernandez eine bestimmte Geschichte verband. Das wollte ich später noch herausfinden.

„Ich werde diese Mission leiten. Blake, Rodrigo, Derrick, Amber und Lucy, ihr werdet alle mit mir kommen. Zusätzlich nehmen wir einige Männer mit, insgesamt fünfzehn. Der Plan ist, das Lager zu infiltrieren, jeden zu töten, der uns im Weg steht, und eine Bombe im

Lager zu platzieren. Boom! Nancho blutet! Wir gewinnen!" Quintero ließ es einfach erscheinen, das konnte er gut.

Wir besprachen noch einige andere Dinge, bevor wir das Treffen beendeten. Ich ging zu Tommy, als wir aus dem Konferenzraum traten, weil ich mehr erfahren wollte über Quintero.

„Quintero hasst Nancho so sehr, nicht wahr", sagte ich mit überzeugtem Klang in meiner Stimme. Das war der beste Weg, Antworten von Tommy zu erhalten, denn er liebte es, wenn nicht lange drum herum geredet wurde.

„Das tut er allerdings. Die beiden verbindet eine lange Geschichte", sprang Tommy auf die Frage an und ging auch gleich ins Detail.

„Was du nicht sagst", erwiderte ich und schwieg, um zuzuhören.

„Oh ja. Komm mit, und lass mich dir davon erzählen", damit packte er meine Schulter, und wir traten auf den Balkon seines Arbeitszimmers hinaus. „Quintero war früher Nancho Fernandez' persönlicher Leibwächter, sein bester Mann, kann ich dir sagen. Sie haben damals die Straßen zu einem Netzwerk zusammengeschlossen", begann er, holte sich eine Zigarre aus seinem Etui und reichte mir das Feuerzeug, damit ich ihm helfe, sie anzuzünden.

„Sie waren wie Bonnie und Clyde damals. Überall, wo Nancho auftauchte, war Quintero nicht weit", führte er seine Erinnerungen weiter, wobei er genießerisch die Augen schloss, nachdem er eine Rauchwolke seiner Zigarre in die Luft steigen ließ. „Aber Nancho wandte sich gegen ihn, er wollte Quintero töten, weil er nicht gerne teilte, oder so ähnlich. Du weißt ja, wie dieses Geschäft läuft, Blake, wahre

Freunde sind selten, sogar Brüder vergießen Blut wegen eines Streits um die Territorien", paffte er seine Zigarre erneut. „Du hast die Narbe in seinem Gesicht gesehen? Nancho dachte, er hätte Quintero erledigt, er glaubte, er sei tot. Aber ich fand ihn, und ich rettete ihn. Ich war ein Arbeitstier mit viel Energie und Kraft und Quintero ..., nun, Quintero hatte das Gehirn. Wir sind mit seinem Bruder Rodrigo nach Amerika gezogen, und hier sind wir", er breitete lächelnd die Arme aus.

Ich wusste jetzt, warum Quintero Nancho Fernandez mit Leidenschaft hasste. Sie waren einst Freunde, aber Nancho hatte ihn heftig gefickt, hatte ihn verraten und ihm eine Narbe auf dem Gesicht hinterlassen, um ihn für immer an diesen Verrat zu erinnern.

Wir aßen immer wie eine große Familie, was ich nicht wirklich gewohnt war, aber ich freute mich jedes Mal darauf. Ich saß während des Abendessens neben Lucy und für Minuten, nachdem Tommy eine dieser Reden gehalten hatte, die er bei jeder zweiten Mahlzeit hielt, legte Lucy immer wieder ihre Beine auf meine Beine unter dem Tisch. Ich dachte erst, es sei normal, aber sie wollte meine Aufmerksamkeit damit erregen. Als sie es schließlich erreicht hatte, konnte sie was erleben.

„Ich liebte, was du neulich mit deinen Fingern gemacht hast", flüsterte sie mir direkt ins Ohr und beugte sich vor. Ich lächelte, errötete ein kleines bisschen, während ich etwas Wein trank.

„Du meinst das?", flüsterte ich zurück, und ich legte ihr meine Hand auf ihren Oberschenkel. Sie schüttelte den Kopf. Das war's nicht. Wir hatten es in ein Spiel verwandelt.

„Das?", flüsterte ich erneut, und ich schob meine Hand höher. Sie schüttelte wieder den

Kopf, auch das war es nicht. Ich verlagerte mich etwas, sodass ich meine Hand unter ihr Kleid schieben konnte. Ihr Stuhl bewegte sich ein wenig, und ihre Augen weiteten sich. Das hatte sie wohl nicht erwartet.

„Ist es das?", fragte ich ganz leise und schob ihr feuchtes Höschen mit dem Finger zur Seite, rieb ihre Pussy, bis sie ihre Zehen krümmte und ihre Lippen fest zusammendrückte. Da nickte sie bejahend, und schluckte, um ein Stöhnen zu unterdrücken. Ich zog meine Finger weg, als sie heftig errötete und wischte ihre Flüssigkeiten an meiner Hose ab, während ich gelassen noch etwas Wein trank.

„Entschuldigung", sagte sie und entfernte sich zügig. Sie sah mich an, als wollte sie, dass ich ihr folge. Und natürlich hatte sie das so gemeint, das Mädchen war verdammt geil. Ich schaute zu Amber auf die andere Seite des Tisches hinüber, die damit beschäftigt war, etwas mit Tommy zu besprechen. Ich entschuldigte mich nach einigen Minuten und folgte Lucy. Ich ging den Flur hinunter, als ich spürte, wie mich ein Paar Hände in einen schlecht beleuchteten Raum zog. Es war Lucy.

Sie gab mir nicht einmal die Gelegenheit zu sprechen, bevor sie auf mich losging. Ihre Lippen prallten mit meinen zusammen, noch während sie die Tür hinter uns verriegelte. Es schien so etwas wie ein Lagerraum zu sein, etwas, das seit Monaten nicht mehr geöffnet worden war. Sie schob ihre Zunge in meinen Mund, zerrte an den Knöpfen meines Hemdes, und ihr Körper drückte sich fest an meinen, als sie mein Hemd auszog. Ich unterbrach den Kuss, drehte sie heftig um und drückte sie auf eine Platte, wobei ich gleichzeitig ihr Kleid hochhob. Ich zog ihr Höschen und meine Hose herunter, mein Schwanz sprang heraus, und ich bereitete mich darauf vor, in sie einzudringen. Ich legte eine Hand auf ihren Mund, als ich in sie stieß. Ihre Hände packten die Kante der Platte, als wir eins wurden. Ich packte ihr Haar und zog, sodass sie ihren Rücken wölbte, um mich ganz tief in sich aufzunehmen. Sie passte sich meinen Stößen an, und wir fickten wild im alten Lagerraum.

Obwohl ich eine Hand auf ihrem Mund hatte, hörte man ihr lautes Stöhnen. Ich überlegte eine Alternative, um das zu verhindern. Da packte ich ihr Höschen und stopfte es ihr in den Mund, das funktionierte besser. Ich stieß mit rücksichtsloser Hingabe in ihre Pussy und hämmerte immer und immer wieder, als ob mein Leben davon abhing.

Ich packte ihren Arsch und fickte sie immer härter und schneller und begrub meinen riesigen Schwanz immer wieder in ihr. Ihr Orgasmus war gewaltig, das Höschen in ihrem Mund half wenig, um ihr Stöhnen zu ersticken, als sie heftig erzitterte. Ich zog mich in letzter Minute aus ihr zurück und schoss meine Ladung auf ihren mächtigen Hintern. Ich fragte mich, warum ich nicht einfach in ihr gekommen war, vielleicht lag es an meiner Stimmung.

Wir kehrten danach zum Essen zurück. Lucys Beine zitterten noch ein wenig, als sie ging, ihr die Nachwehen ihres Orgasmus machte ihr ganz schön zu schaffen.

Am nächsten Tag flogen wir mit einem von Tommys Privatjets nach Kenia. Ja, er war so reich, eigentlich war er verdammt reich. Der Flug nach Kenia dauerte 17 Stunden, und ich dachte, meine Beine würden abfallen. Kenia war heiß, sehr heiß. Ich war in Lagos, Nigeria, gewesen, aber dies war das erste Mal, dass ich einen Fuß nach Kenia setzte. Wir wurden von einigen anderen Männern zu einem nahegelegenen Hotel gefahren, wo wir mit den Vorbereitungen für unsere Mission begannen.

Quintero rief uns am Abend in sein Hotelzimmer, uns alle fünfzehn. Sein Zimmer war, wie die der anderen, in schlichtem Weiß mit majestätischen Vorhängen und einem King-Size-Bett ausgestattet. Mehrere Kisten lagen auf seinem Bett, alle waren schwarz. Ich fragte mich, was in diesen Kisten war, sie sahen irgendwie schwer aus.

„Öffnet die Kisten", befahl er und starrte aus dem Fenster. Er trug nur einen Bademantel und rauchte. Er sog an der Zigarette, atmete den Rauch ein und blies ihn wieder hinaus und hüllte sich so nach und nach in diesen Dunst.

„Oh verdammt!", rief ich aus, als ich die erste Schachtel öffnete. Zwei goldene Waffen, Glock 17 – leicht, einfach zu bedienen und absolut tödlich. Einer nach dem anderen öffneten die Männer und Frauen die restlichen Kisten, gefüllt mit Waffen, die wir alle liebten. Die anderen Kisten enthielten Kevlarwesten und anderes Zeug. Alle in Militärqualität. Ich schätze, Lucas hat immer das beste Zeug geliefert.

„Was ist in dieser letzten Kiste?", fragte ich, während ich meine neuen Waffen in meinen Gürtel steckte.

„Das ist die verdammte Bombe. Nicht anfassen!", antwortete er, ohne mich anzusehen.

Wir kehrten alle in unsere Zimmer zurück, der nächste Tag sollte mit einem höllischen Feuerwerk beginnen. Es dauerte eine Weile, bis ich in dieser Nacht schlief. Ich dachte immer an die Mission. Ich wollte die Waffen benutzen, auf etwas schießen. Der morgige Tag konnte nicht schnell genug kommen, ich freute mich darauf.

Am nächsten Morgen, gegen fünf Uhr, fuhren wir los, als es überall noch still war. Es fühlte sich an, als würde ich eine frühe Trainingseinheit machen. Das riesige Lager, über das Quintero sprach, war auf der anderen Seite der Stadt. Wir parkten die Lieferwagen, nur wenige Minuten vom Lager entfernt, und gingen zu Fuß weiter. Dreizehn Männer, zwei böse Mädchen, Kevlarwesten, militärische Waffen, ein Biest von Bombe: Wir waren auf der Suche nach Blut. Es war nicht so hell, aber dennoch konnte ich die Männer im Lager beim Be- und Entladen sehen. Es gab mehrere Autos vor dem Lagerhaus. Das war gut, denn sie würden sich als Deckung für die Schießerei eignen. Wir pirschten uns langsam voran, bis wir zu den verschiedenen Autos gelangten, die vorne in einer Reihe standen.

Als Quintero sagte, dass er die Mission leitet, meinte er es ernst. Er machte den ersten Schritt zur Aktion und schoss, als ob er unter einem Überschuss an Testosteron stehen würde. Ich fragte mich, wo ein Verbrecher wie er gelernt hatte, so zu schießen. Er setzte auf das Überraschungsmoment, stand vor seiner Deckung, und sein Finger klickte unglaublich schnell an seiner Uzi. Ich beobachtete, wie Körper unter seinem Kugelhagel fielen, einige Männer schrien und schrien, und sie zogen sich sofort zurück. Quintero kehrte zurück in seine Deckung, als sie begannen, zurückzuschießen. Immer mehr Männer strömten aus dem Lager. Wir waren mindestens drei zu eins in der Unterzahl. Aber ich liebte diese Herausforderng, ich konnte mit ihnen umgehen.

Amber kroch an meine Seite, und überprüfte ihre Waffen noch einmal; zwei Glock 45 GAPs.

„Bist du bereit, ein paar Gegner zu killen, Baby?", fragte sie und lächelte.

„Lass es uns tun", antwortete ich, und drei Sekunden später setzten wir es in die Tat um. Danach gingen wir zurück zu unserer Deckung, während die anderen Männer und Lucy anfingen zu schießen. Ich beobachtete Lucy, wie sie eine Waffe abfeuerte. Sie ließ Männer links und rechts fallen wie Mikadostäbchen! Sie schoss selten zweimal, eine Kugel reichte pro Leiche.

Quintero hatte die Bombe bei sich, und früher oder später mussten wir den Ort in die Luft jagen und verschwinden, bevor man uns die Behörden auf den Hals hetzen konnte.

„Blake, wir gehen rein! Gib mir Deckung",
schrie er mich an, als er seine Waffe fest packte
und die Bombenkiste aufhob. Wir liefen los.
Ich gab ihm die perfekte Deckung, und die Pat-
ronenhülsen fielen vor mir auf den Boden, als
wir zur Seite des Lagers rannten. Er befestigte
die Bombe schnell an einer der Klimaanlagen
und startete den 2-Minuten-Timer, bevor wir
zurückliefen.

„Wir müssen sofort raus!", schrie er, als er
zurückkam. Wir liegen – immer noch im Gefecht –schnell zurück zum Van. Die Männer
im und vor dem Lagerhaus sahen es nicht
kommen, und weniger als zwei Minuten später
sah ich das größte Feuerwerk meines Lebens.
Männer flogen durch die Luft, als die Lager-
halle zerfetzt wurde. Die Halle brannte an-
schließend auf ihre Grundmauern runter.
Nancho Fernandez hatte wahrscheinlich Milli-
arden verloren. Der Gedanke daran ließ mich

lächeln. Ich stellte mir seine Reaktion vor. Wie er wütend auf seinen vollen Schreibtisch schlug, alles darauf wegfegte oder etwas trat, jemanden schlug oder einige Möbel zerstörte. Und obwohl er sich beruhigen würde, sah ich ihn in meinen Gedanken immer noch mit vor Wut bibbernden Lippen und rotem Gesicht. Dann würde er schwören, Rache zu nehmen.

„Gute Arbeit, Jungs", Quintero Faust stieß uns alle an, als wir zurück zum Hotelzimmer kamen. Wir packten sofort zusammen und verließen das Gelände, denn wenn wir dortblieben, wäre es nur eine Frage der Zeit, bis sie hinter uns her wären.

Der Rückflug nach Amerika war lang, wirkte aber nicht so lang wie der Flug nach Kenia. Vielleicht lag es daran, dass ich viel geschlafen hatte. Im Schlaf träumte ich denselben Traum, den ich schon seit Tagen hatte. Es war das gleiche Bild mit Nancho Fernandez,

wo ich mit ihm in den gleichen Boxring geworfen wurde. In meinem Traum durfte ich ihn
diesmal immer wieder schlagen, bis aus dem
Nichts der Schiedsrichter auftauchte und uns
auseinander zog. Ich versuchte immer noch,
den Griff des Schiedsrichters zu lösen und
Fernandez wieder anzugreifen, als mich jemand aufweckte.

„Wach auf, Schlafmütze", Amber trat mir
ans Bein, als wir den amerikanischen Luft-
raum erreichten, und bald waren wir zu
Hause. Es fühlte sich toll an, wieder in Amerika zu sein, weil es so vertraut war.

„Auf Quintero!", nach der Schlacht kam die
Siegesfeier. Das Abendessen war ein Knaller
mit mehr Essen und Trinken als je zuvor. Auf
dem Tisch war kaum Platz, so voll war er be-
stückt. Während alle beim Essen und Trinken
lachten, beobachtete Quintero alles sehr

schweigsam. Er aß nicht viel, aber er trank viel Wein. Ich stellte mir vor, wie es gewesen war, als Nancho ihm in den Rücken fiel, wie er ihn verprügelte, ihm ins Gesicht stach und ihn sterben lassen wollte. Ich wusste, dass Quintero sich darauf freute, Nancho zu treffen, und ihn zu töten. Das würde ihm definitiv Befriedigung verschaffen. Verdammt, das würde alle zufriedenstellen. Die Leute würden Millionen für seinen Kopf bezahlen.

Ich wollte derjenige sein, der Nancho ein Loch in sein Herz schoss. Doch nachdem ich Quinteros Geschichte kannte, war ich mehr als bereit, ihm die Ehre zu erweisen, das selbst zu tun. Wir feierten bis tief in die Nacht hinein. Später in meinem Zimmer kreisten um Quintero und Nancho. Wie es wohl gewesen war, bevor Nancho ihn verraten hatte, nachdem sie sich langsam an die Spitze gearbeitet hatten. Ich glitt irgendwann doch in den Schlaf. Und mein üblicher Traum löste meine Gedanken ab.

Quintero berief am nächsten Tag gegen Mittag ein Treffen ein, die Vorbereitungen für die nächste Mission hatten bereits begonnen.

„Bevor wir weitermachen, wollte ich nur, dass ihr wisst, dass wir bei der letzten Mission gut waren, in der Tat sehr gut", fasste er die zurückliegende Schlacht zusammen. Er sprach uns nochmals seine Anerkennung aus, bevor er weitermachte.

„Wir sind noch nicht ganz fertig. Was wir taten, hat ihn nur ein wenig erschüttert. Als nächstes werden wir seinen Platz in Asien plattmachen, genauer gesagt in China. Es wäre genau wie das letzte Mal. Wir dringen ein, sprengen das große Lagerhaus und fliegen zurück nach Amerika, kinderleicht", sagte er, und seine Augen scannten unsere Gesichter nach Reaktionen. Es gab keine, also fuhr er fort.

„Blake, diesmal führst du die Mission", fügte er nach langen Schweigen hinzu.

„Irgendwelche Fragen? Keine. Okay, dann fliegen wir morgen früh los, ihr solltet euch alle ausruhen", schloss er, und das Meeting endete. Ich beobachtete, wie Quintero flüsternd mit Tommy diskutierte, als alle aus dem Konferenzraum strömten.

Wir flogen genau wie Quintero sagte, und nach etwa dreizehn Stunden am Himmel landeten wir in China. Ich glaube nicht, dass ich jemals in so kurzer Zeit so viele Flugreisen gemacht habe. Ich meine, ich bin früher geschäftlich herumgeflogen, aber ich habe alle 15 Tage eine Flugreise gemacht, jetzt flog ich in und aus dem Land, als würde ich auf die Toilette gehen, ich schätze, das war eines der

Dinge, die dazugehörten, wenn man für Tommy arbeitete.

Wir wurden zu unserem Hotel gefahren, einem der besten in der chinesischen Provinz Shenyang. Die Waffen und sonstige Dinge, die wir brauchten, einschließlich der Bombe, wurden in mein Hotelzimmer gebracht. Ich war immerhin der Anführer dieser Mission. Ich nahm mein Bad und erfrischte mich, bevor ich ein kleines Meeting einberief und die Waffen und Sonstiges verteilte. Ich durfte meine beiden Waffen wie gewohnt behalten. Ich war am späten Abend noch auf einen Rundgang durch das Hotel unterwegs, als ich Quintero traf. Er saß hinten, paffte seine Zigarre und hörte etwas Latin-Musik.

„Hey Mann, wie geht's", fragte ich, als ich mich auf der Bank niederließ, auf der er saß. Die Bank war nicht sonderlich bequem.

„So weit, so gut", lächelte er, als er antwortete. Er bot mir eine Zigarre an und gab mir Feuer. Ich sog daran, es fühlte sich gut an. Wir saßen zusammen und rauchten schweigend, paffend, während wir die abendliche Kühle genossen.

„Ich weiß, dass du die Geschichte über meine Narbe gehört hast", er sah mich nicht an, während er sprach, sondern bewunderte seine halb gerauchte Zigarre. Er rauchte nur ab und zu, aber ich stellte fest, dass er seine Zigarre liebte.

„Ist die Geschichte wahr?", fragte ich, während ich meine Zigarre nahm und sie sanft auf dem Rand des Aschenbechers zwischen uns abklopfte.

„Sie ist sehr wahr, mein Freund, sehr wahr", antwortete er, als er den Aschenbecher nach mir benutzte.

„Warum hat er es getan?", fragte ich sanft, als ob er nicht weitersprechen würde, wenn ich ihn dazu aufforderte.

„Er fing an, mich als Bedrohung zu sehen, und in diesem Geschäft löscht man Bedrohungen aus", seine letzten Worte ließen mich aufhorchen.

„Warst du eine Bedrohung?", drängte ich weiter.

„Nee, Mann, ich schätze Loyalität über alles. Das würde ich nie tun. Er wusste, dass ich keine Bedrohung war, aber er musste es einfach sicherstellen." In seinen Worten schwang eine gewisse Traurigkeit. Mir schien, dass er Nancho einst wie ein Bruder liebte. Am Ende wurde er jedoch verraten.

„Denkst du, Tommy könnte so etwas jemals tun", fragte ich weiter.

„Ich weiß es nicht, Mann, er sieht nicht aus wie diese Art von Kerl", antwortete er, als er einen letzten Zug der Zigarre machte.

Wir fuhren am nächsten Morgen sehr früh los, alle bestens ausgestattet, dieselben fünfzehn von uns, die die kenianische Mission durchgeführt hatten. Das Lager verfügte über mehr Bewacher, als wir zuletzt in Kenia sahen, und es war viel größer. Ich schätzte, Nancho hatte seine Mannschaften in den Lagern verstärkt, um sie besser überwachen zu können oder so. Er hatte die Sicherheitsmaßnahmen erhöht. Zahlenmäßig waren uns die Männer dort überlegen, etwa im Verhältnis fünf zu eins, aber das würde uns nicht abschrecken. Wir hatten ein Lagerhaus in die Luft zu jagen. Ein verlassenes Gebäude in der Nähe des Lagers diente uns als Deckung, und wir konnten im

Gefechtsfall durch die Fenster zurückschießen.

„Okay, so machen wir das", sagte ich und schärfte ihre Aufmerksamkeit, als wir unsere Positionen im Gebäude einnahmen. Ich versuchte, dabei so ernst wie möglich auszusehen.

„Wir versuchen heute etwas anderes. Quintero wird meine Deckung halten, während wir uns durch diesen Busch zur Rückseite des Lagers schleichen. Ich werde die Bombe platzieren und hierher zurückkommen. Hoffentlich muss niemand schießen", versuchte ich, das Risiko zu verringern. Die Vorgehensweise war eine Abkürzung. Sie würde uns Zeit verschaffen, vielleicht Leben retten, aber möglicherweise auch Kugeln einbringen.

Ich verstaute meine goldenen Waffen im Gürtel hinter meinem Rücken und packte die Bombenkiste. Dann bewegten wir uns voran. Die Büsche waren noch nass vom Tau, als wir uns heimlich zum hinteren Teil des Lagers schlichen. Wir waren so leise wie möglich und versuchten unser Bestes, um die Aufmerksamkeit der Männer nicht zu erregen. Auf der Rückseite gab es keine bewaffneten Männer, und ich platzierte gerade die Bombe am Lagerhaus, als jemand die Mündung einer Waffe an meinen Kopf hielt. Ich wollte schon nach meiner Glock 17 greifen, da hörte ich ihn sagen: „Wenn du das versuchst, blas ich dir den Kopf weg." Für jemanden, der asiatisch aussah, sprach er sehr einwandfrei Englisch. Ich war Sekunden vom Tod entfernt, und an etwas anderes konnte ich nicht denken. Wo zum Teufel war Quintero? Der Mann sollte meine Deckung gewährleisten. Der asiatische Eindringling war im Begriff, etwas zu murmeln, als ich ein scharfes Grunzen und einen leichten Schlag hörte. Ich blickte auf, und Quintero

stand über dem Mann, er hatte ihn k.o. geschlagen und hielt seine Pistole noch in der
Hand.

„Hey Mann, wo warst du?", fragte ich Quintero, und setzte meine Arbeit direkt fort.

„Ich war nur ganz schnell pinkeln", meinte
er entschuldigend, und wir lachten beide darüber. Im gleichen Moment setzte ich den Ti-
mer in Gang.

„Lasst uns hier verschwinden", und damit
eilten wir zu den anderen Jungs zurück.

„Bewegt eure verdammten Ärsche, der
ganze Ort wird in weniger als einer Minute in
die Luft fliegen", schrie ich die Männer an, und
wir rannten davon.

Unsere Lieferwagen hatten das Gelände gerade erst verlassen, als wir einen lauten Knall
hörten und eine riesige Flamme sahen, die
aufschoss, sich krümmte und die eines Pilzes

bildete. Das zweite Lager war erfolgreich zerstört. Das fühlte sich gut an, alles war gut. Die Art und Weise, wie ich die Mission zu ihrem Erfolg geführt hatte, die Art und Weise, wie ich mich mit Quintero verstand, war alles gut. Wir verließen China noch am Abend. Unsere Arbeit dort war erledigt.

Wir trafen am nächsten Tag gegen Mittag in Amerika ein. Tommy selbst und einige der Männer kamen, um uns am Flughafen zu begrüßen. Quintero hatte ihn bereits am Telefon informiert, sodass er wusste, dass die Mission ein Erfolg war. Ich legte ihm die Details dar, während wir nach Hause fuhren. Die Tatsache, dass wir nicht einen Schuss abfeuern mussten, beeindruckte ihn.

„Deshalb habe ich dich da reingezogen, du warst das fehlende Teil des Puzzles", sagte er so zufrieden wie anerkennend. Er fuhr sich mit der Hand durch die Haare und entspannte sichtlich im Sitz des Autos.

Das Abendessen war wie immer aufwändig, aber viel essen konnte ich nicht. Es war nicht so, als würde mich etwas stören, aber ich hatte einfach keine Lust, etwas zu essen. Während ich das Abendessen früh verließ, fielen meine Augen auf Ambers leeren Sitz.

Sie war draußen auf dem Balkon und rollte einen Joint. Ich gesellte mich zu ihr.

„Weißt du, was Jefferson über Gras sagte?", fragte sie, als sie das extra gerollte Papier an einer Seite des Stengels zerriss.

„Nein, was hat er gesagt?", fragte ich zurück.

„Hanf ist in erster Linie eine Notwendigkeit für den Reichtum und den Schutz des Landes. Das war es, was er sagte", lachte sie, als sie das

Gras anzündete. Der süße Geruch davon drang sofort in meine Lungen.

„Was bedeutet das?", bat ich sie um eine Erklärung. Denn ich verstand nicht, wovon sie sprach und wollte nicht vorgeben, es zu wissen.

„Ich weiß es auch nicht. Alles, was ich weiß, ist, dass Gras gut ist", antwortete Amber nur, und wir beide lachten. Zuerst rauchte sie ganz allein, dann bot sie mir etwas an. Ich akzeptierte gerne, denn gelegentlich schätzte ich einen guten Joint. Wir reichten einander immer wieder den Joint, rollten einen weiteren, bis wir allmählich high wurden. Als der Mond voll aufging, waren wir höllisch stoned und kicherten laut über jede Belanglosigkeit.

„Ich habe dich neulich gesehen, wie du Lucy während der Mahlzeit hinausgefolgt bist", sagte Amber. Sie konnte ihre Augen kaum offen halten. Unter dem Einfluss von Gras zeigte sie einen anderen Teil ihrer Persönlichkeit, einen, den ich noch nie zuvor erkannt hatte, einen, von dem ich nicht einmal wusste, dass sie ihn hatte.

„Nun, wir gingen zum Ficken", antwortete ich trocken, und wir lachten schon wieder. Ich nahm den letzten Zug des Joints, und wir waren fertig mit dem Rauchen. Wir sprachen und lachten bis tief in die Nacht. Das Marihuana hatte unseren Verstand völlig benebelt. Irgendwann erkannten wir, dass es Zeit war, die Betten aufzusuchen und wir verabschiedeten uns mit einem Lachen. Ich schlief fast sofort ein, als mein Körper das Bett berührte. Diesmal hatte ich auch keine Träume, nur einen langen, ruhigen Schlaf, den das Marihuana förderte.

Am folgenden Nachmittag fand eine Sitzung statt. Es war nicht schwer zu erraten, worum es ging: Wir besprachen, wie wir den dritten Schlag im Krieg gegen Fernandez durchführen wollten. Quintero erklärte diesmal nichts, das übernahm Tommy.

„Seine Netzwerke in Afrika und Asien sind lahmgelegt, und nun verfügt er nur noch über zwei. Eins hier in Amerika und das ganz Große in seiner Heimat Kolumbien", sagte er, während er ganz bequem und entspannt am Konferenztisch saß. Er war nicht so leidenschaftlich wie Quintero, aber seiner Botschaft mangelte es nicht an nachdrücklicher Entschlossenheit.

„Nanchos Platz in den Staaten ist Chicago, und das ist unser nächstes Ziel. Die Sache ist die, dass wir auf amerikanischem Boden nichts in die Luft jagen werden. Das Ganze ist zu riskant", sagte er als alle anfingen zu murmeln. Er beschwichtigte uns mit einer Handbewegung, bevor er weitersprach.

„Es wird keine Sprengung geben. Alle Waren, das Bargeld und die Waffen werden hierhergebracht", fügte er hinzu.

Ich wusste ja nicht, was Tommy dachte, aber was er vorschlug, war glatter Selbstmord. Ich wollte etwas sagen, aber Quintero sprach die Angelegenheit unumwunden an.

„Das überleben wir nicht, Tommy, gibt es keinen anderen Weg?", fragte Quintero. Tommy schüttelte den Kopf. Ich wusste, dass es eine schwere Entscheidung war, aber es war notwendig. Die Sprengung der Lager von Fernandez in Amerika war viel zu riskant. Würden wir das wagen, wäre ein Schusswechsel unvermeidlich. Es würde eine höllische Schießerei werden. Tommy beendete das Treffen, nachdem wir uns alle einig waren, die Sache ohne Sprengung durchzuziehen. Wir mussten einen schwierigeren Weg gehen.

Der Flug nach Chicago war recht kurz, und in weniger als drei Stunden erreichten wir Tommys Wohnung dort. Im Gegensatz zu den vorherigen Missionen, bei denen wir morgens hinausgegangen waren, wählten wir diesmal den Schutz der Dunkelheit. Unsere notwendigen Sachen wurden in einem großen Lieferwagen herangeschafft. Minuten nachdem wir uns in der Wohnung niedergelassen hatten, verfügten wir über Waffen, Westen, Kleidung und Nachtsichtbrillen. Jeder machte sich auf seine eigene Art und Weise bereit. Es war wie bei diesen Ritualen, die auch Militärs hatten, bevor sie in den Krieg zogen.

Ich selbst allerdings war mit Amber auf den Balkon hinter dem Haus. Ich hatte ihren Hintern unten im Flur gepackt, sie errötete und folgte mir zum Balkon. Ich hatte sie ja schon ein paar Mal gefickt, aber es fühlte sich immer wieder anders an, jedes Mal, wenn ich bei ihr war, so als würde ich ein neues Teil von ihr entdecken. Jedes Mal, wenn ich meinen Schwanz in ihre Muschi schob. Wir erreichten unseren Höhepunkt nach vielen Minuten intensiven Stoßens und wilden Stöhnens. Auf das Kuscheln danach mussten wir verzichten. Schließlich hatten wir am nächsten Tag einen Kampf, auf den wir uns vorbereiten mussten.

„Bewegung, Bewegung, Bewegung, Bewegung!", rief Quintero uns zu, als wir in den Van stiegen. Der Himmel über uns war wie dicke Schwärze, nicht mal die Sterne waren zu sehen. Mein Blut rauschte wild durch meinen Körper. Es würde eine höllische Schießerei geben. Wir waren insgesamt 20, wobei einige der Männer bei Tommy in der Wohnung blieben.

Wir waren jetzt nah dran, und ich konnte das Mammutlager aus der Ferne sehen. Es mussten riesige Mengen an Waren, Bargeld und Waffen dort lagern.

„Das ist es, Jungs! Ich brauche euch nicht zu sagen, wie wichtig es ist. Ihr wisst es alle. Also lasst uns aus diesen Männern Leichen machen", schrie ich den Männern zu und zeigte in Richtung des Lagers. Ich hatte keine Ahnung, woher ich diesen Aufruf nahm. Aber es funktionierte, denn ich sah sofort die Entschlossenheit in ihren Augen. Dann griffen wir alle zu unseren Waffen. Zusätzlich zu meinen beiden Glocks, die in meinem Gürtel steckten, hatte ich auch eine 45 ACP an meiner Weste befestigt, während ich ein C7-Gewehr in meinen Händen hielt.

Wir parkten unsere Autos einen Block entfernt, während sechs große Lastwagen näher an das Gelände des Lagers heranrückten. Wir würden diese Lastwagen mit unserer Beute voll beladen. Dann ging es los.

„Derrick, du bist dran", ich hatte jetzt das Sagen. Er bewegte sich mit seinem Scharfschützengewehr vorwärts – seine Barrett M82 war eine Schönheit. Sie nannten ihn den besten Killer der Welt, und dies war der perfekte Zeitpunkt für ihn, das unter Beweis zu stellen. Ich weiß, dass du dich vielleicht fragst, welche Art von Schaden ein Scharfschütze verursachen könnte, da er wahrscheinlich nur zwei oder drei Männer töten konnte. Aber das war genau das, was ich brauchte: nur zwei oder drei tödliche Kopfschüsse, um ihnen zu sagen, dass wir in der Nähe sind.

Derrick hockte sich hin und zielte, beruhigte seine Finger und hielt seinen Atem an. Die erste Kugel machte sich auf den Weg, als er den Abzug betätigte. Er war tatsächlich gut. Der Mann auf den er gezielt hatte, fiel lautlos um und war tot. Die Männer im direkten Umfeld der Leiche rannten auseinander und suchten Schutz. Einer der Männer, die als Verstärkung erschienen, kam aus einem nahegelegenen Haus.

Showtime!

Dann gab es eine weitere Leiche, und sie wussten nicht einmal, woher die Kugel gekommen war. Derrick erschoss noch zwei weitere, aber natürlich hatte er nicht die Möglichkeit dreihundert Männer ausschalten konnte! Es wimmelte an diesem Ort von bewaffneten Männern. Sie waren alle bereit, jeden zu töten, der nicht auf ihrer Seite des Territoriums stand.

Ich zeigte auf jemanden, den Derrick umlegen sollte, als eine Kugel an meinem Ohr vorbeizischte. Ich stolperte aus einem Reflex heraus, mein linker Stiefel traf auf einen Stapel Steine. Die Steine zerbröckelten. Das warnte sie, und sie wussten, dass sie Gesellschaft hatten.

„Da drüben! Holt diese Bastarde", schrie einer der Männer.

Unsere Deckung war aufgeflogen. Etwa zwanzig Sekunden lang konnten wir uns nicht bewegen oder etwas tun. Meine Ohren standen in Flammen, es hagelte Kugeln von überall. Das hielt eine Weile an, und vielleicht dachten sie, sie hätten uns ausgeschaltet. Ich hatte Mist gebaut, als ich auf diese Steine trat, das musste ich nun in Ordnung bringen. Ich packte mein C7-Gewehr fest und kroch zu Ambers Position hinüber. Ich hatte dort eine bessere Sicht. Ich zählte etwa sieben Männer. Perfekt!

„Jungs auf drei, eins ... zwei ... drei", flüsterte ich den Männern zu, und nach dem Countdown rückte ich vor und hob meine Schultern an, während ich die Kugeln an mir vorüberfliegen ließ. Die Männer folgten meinem Beispiel und feuerten ihre eigenen Geschütze ab. Die Zahl der Leichen in dieser Nacht nahm rasant zu. Unsere Gegner feuerten zurück, und eine Kugel verfehlte um Zentimeter mein Gesicht, bevor ich wieder in Deckung ging. Das war knapp, aber das Glück war auf meiner Seite.

Wir hielten unsere Stellung ungefähr eine Stunde lang. Auf unserer Seite hatten wir fünf Männer verloren, und auf der anderen Seite waren es vielleicht fünfzig. Der Weg zum Ende dieser Mission war noch weit. Es war jetzt wie eine Übung: Warte auf den perfekten Moment, und befördere einige Gegner ins Jensseits, bevor du wieder in Deckung gehst.

„Ich bin getroffen", sprach Quintero, der zu mir hinüberkriechen wollte. Das hatte ich überhaupt nicht erwartet. Wir mussten ihn wegholen, bevor es unmöglich wurde. Ihn zu verlieren, konnten wir uns nicht leisten. Er bemühte sich nach Kräften, vorwärts zu kommen, sein Atem ging stoßweise, während Blut aus seiner Seite sickerte. Er würde verbluten, wenn wir nicht schnell handeln könnten!

„Amber! Lucy! Bringt Quintero zurück zum Van, ich gebe euch Deckung", rief ich, und sie stützten ihn, so gut sie konnten, während ich rückwärts hinter ihnen ging und ihnen Deckung gab.

„Nein, ihr Mädchen solltet hier warten", stoppte ich sie, als sie versuchten, mir zurück zu folgen, nachdem Quintero im Van war. Das Ganze wäre zu riskant. Während ich für diesen Job engagiert war und bezahlt wurde, handelte es sich bei Lucy und Amber im Tommys eigenes Fleisch und Blut. Auf keinen Fall würde ich ihr Leben aufs Spiel setzen.

„Bring sie zurück in die Wohnung und sorge dafür, dass Quintero behandelt wird", befahl ich dem Fahrer, und sie fuhren los.

Ich lud meine Waffe nach und rannte zurück an die Kriegsfront. Wir waren inzwischen stark erschöpft. Fünf waren tot, drei befanden sich auf dem Rückweg, blieben nur noch zwölf. Ich würde nicht aufgeben. Entweder wir siegten – oder man würde mich in einem Leichensack hier wegholen!

„Haaaaaa!", schrie ich, feuerte einen Kugelhagel und vergeudete Dutzende davon. „Rodrigo, folge mir!", rief ich, um auf diesem Schwung aufzubauen, und gemeinsam töteten wir unzählige unserer Gegener, solange, bis Rodrigo eine Kugel fing. Sie traf ihn zwar nicht tödlich, aber er konnte sich kaum bewegen. Die Kugel hatte seinen Oberschenkel getroffen. Ich zog ihn zurück und drängte weiter, die anderen Männer schritten weiter mit mir voran, während wir Nanchos Männer einen nach dem anderen abknallten.

In dieser Nacht begann ich zu glauben, dass es tatsächlich Engel gab. Anders war es nicht zu erklären, dass zwölf Männer über zweihundert andere getötet hatten. Wir waren unbesiegbar, haben Männer ausgeschaltet, als ob wir Flammen löschen würden.

Die Lkw-Fahrer kamen mit ihren Trucks, und wir begannen zu laden. Es dauerte etwa vierzig Minuten, und als wir endlich fertig waren, verschwanden wir dort.

Mein Finger war vom Schießen ganz taub, als wir nach Hause fuhren. Die meisten Männer trauten ihren Augen nicht, als wir mit dem Convoi von Lkws durch die Tore fuhren, und sie glaubten wohl, Außerirdische seien gelandet. Nicht einmal ich konnte recht glauben, dass wir das überlebt hatten. Sogar das Militär hätte uns Medaillen verliehen, wenn sie von unseren rekordverdächtigen Taten gehört hätten.

„Du hast es gut gemacht", konnte ich in Tommys Augen lesen. Worte fand er nicht, und das verstand ich vollkommen. Die anderen Männer kümmerten sich um die Waren, während ich die Dusche betrat. Ich war verdammt müde. Doch später ging ich noch zu Quintero, er war inzwischen stabil.

„Du warst heute unbesiegbar", sagte er, wie er so im Bett saß. Der untere Teil seines Oberkörpers war bandagiert, er hatte eine Kugel in den Bauch bekommen.

„Es war nur Glück", zuckte ich mit den Achseln und ich führte eine Flasche Bier zum Mund.

„Was immer du sagst, Mann, du hast Gutes getan", lächelte er.

„Danke, Quintero", antwortete ich.

„Ja, Mann, und ich habe etwas gehört", sagte er jetzt mit gedämpfter Stimme.

„Und was?", fragte ich und rückte näher zu ihm heran.

„Ich hörte, Nancho berief ein Treffen seiner größten Distros ein, die Besten der Besten. Zwölf von ihnen in seinem Columbia-Haus", erzählte er und goss er sich etwas Whiskey ein. Dann schwieg er eine Weile, ließ seine Worte auf mich wirken. Er musste gar nichts weiter sagen, ich wusste sofort, worauf er hinaus-wollte. Warum weitere und viele Leben riskie-ren, wenn wir mit einem effektiven Schlag die Sache beenden könnten. Wenn wir das durch-ziehen würden und Nancho und seine großen Jungs beseitigten, wäre der Krieg zu Ende – der Krieg und sein Kartell.

„Sag es Tommy, er wird wissen, was zu tun ist", sprach Quintero.

„In Ordnung, Mann, pass einfach auf dich auf und ruh dich aus", sagte ich, als ich den Raum verließ. Ich dachte an das, was er sagte, während ich im Haus nach Tommy suchte. Ich fand ihn schließlich. Er saß bei einer Flasche Scotch, paffte eine Zigarre und genoss den Triumpf der jüngsten Mission.

„Hey Tommy, ich habe überall nach dir gesucht", sagte ich, als ich mich ihm näherte.

„Weißt du, dieser Scotch ist wirklich gut. Es war ein Geschenk eines Geschäftspartners aus dem fernen Singapur", erklärte er und hielt die Flasche hoch. Er lächelte und sah sie bewundernd an, während er den Rauch seiner Zigarre wieder aus dem Mund entweichen ließ.

„Ich habe etwas, worüber ich mit dir reden möchte", sagte ich ernst und setzte mich zu ihm.

„Der Scotch ist wirklich gut …", sagte er wieder und schien zu ignorieren, was ich sagte. Es war Tommys gutes Recht, das hier zu tun, aber es war an der Zeit, ihn in die Realität zurückzuholen.

„Es geht um Nancho", sprach ich Worte sanft und betonte das letzte Wort besonders. Das erregte seine Aufmerksamkeit, und er stellte die Flasche beiseite.

„Was hast du für mich, mein Freund?", fragte er und neigte seinen Kopf, um aufmerksam zuzuhören.

„Ich habe gehört, dass er ein Treffen seiner größten Distros in Kolumbien in sein Haus einberufen hat", antwortete ich. Und noch nie hatte ich erlebt, dass Tommy meinen Worten so viel Aufmerksamkeit schenkte.

„Und was weißt du über dieses Treffen?", fragte er höchst interessiert. Er wollte jedes auch noch so kleine Detail.

„Alle seine zwölf Distros werden versammelt sein, *alle*. Dies wäre der perfekte Zeitpunkt, um alles auf einen Schlag zu beenden. Wir warten, bis Nancho und seine zwölf in diesem Haus sind und erledigen sie, dann ist der Krieg vorbei, und wir haben gewonnen", damit schlug ich zur Bekräftigung mit meiner rechten Faust in meine linke Handfläche, dass es laut klatschte.

„Besorge dir alle notwendigen Informationen, mein Freund, und wir treiben die Vorbereitungen schnell voran", lächelte Tommy, als er sich in seinem Sitz wieder zurücklehnte und seine Zigarre weiter genoss. Jetzt spürte er den nahen Sieg, er war zum Greifen nah, er konnte ihn sogar schmecken.

Ich eilte zurück zu Quintero, um ihm das Update zu liefern.

„Wie lief es mit Tommy?", fragte er, und er hatte Mühe, gerade zu sitzen.

„Er ist dabei und will es durchziehen", antwortete ich. Aufregung breitete sich in mir aus, und ich wollte den Plan durchdenken. Ich war begierig darauf, nach Columbia loszuziehen und es ganz schnell zu beenden. Aber ich wusste auch, dass ich Geduld brauchte, cool bleiben und klar denken musste.

„Das sind gute Nachrichten, wirklich gute Nachrichten", sagte Quintero sehr leise, er wurde müde. Ich schätzte, dass die Medikamente, die sie ihm gegeben hatten, ihre Wirkung taten.

„Hast du mehr Details über das Treffen?",
wollte ich wissen, und ich setzte mich auf die
Kante seines Bettes.

„Es ist morgen, Blake, um 17 Uhr. Sein Zu-
hause in Columbia. Du musst dich sofort da-
ranmachen, wenn wir ihn erledigen wollen."
Seine Worte kamen jetzt langsam und bedäch-
tig.

„Wir werden uns diese Chance nicht entge-
hen lassen", versicherte ich ihm fest.

„Ich kenne Blake Stone. Es ist nur eine
Schande, dass ich nicht bei dir sein kann.
Siehst du, niemand verdient es mehr, diesem
Bastard eine Kugel ins Herz zu jagen, als ich",
lächelte er schwach.

Ich konnte in seinen Augen sehen, wie sehr
er selbst Nancho vernichten wollte. Es war
Quintero, dem diese Rachemission wirklich
zustand. Tommy war eine wichtige im Spiel,

keine Frage, aber Quintero hatte das größte Recht, Nancho zu töten. Ich zügelte meine eigenen Emotionen und gab Quintero ein Versprechen, das fast unmöglich zu erfüllen war.

„Ich verspreche dir, Mann, du wirst die Ehre haben", sagte ich überzeugt und drückte meine Zähne aufeinander, dass sie knirschten.

„Nein, Mann, du müsstest ihn lebend hierherbringen", kicherte er leicht. In Wahrheit war das eine Mammutaufgabe, aber ich war entschlossen. Nichts wäre für Nancho Fernandez beschämender, als auf amerikanischem Boden zu sterben.

„Ich werde ihn *lebend* hierherbringen", versicherte ich ihm noch einmal. Ich war schon auf dem Weg zurück, als er mich zurückrief.

„Blake ... bring Isabella zurück, das ist wichtiger", sagte er bittend, es schien wirklich wichtig. Isabella? Isabella? Dann erinnerte ich mich an Nanchos Tochter. Was hatte Quintero mit Nancho Fernandez' Tochter zu tun?

„Seine Tochter? Warum?", fragte ich und konnte mir keine Verbindung zwischen den beiden vorstellen.

„Sie ist nicht seine biologische Tochter, sie ist meine Nichte."

Wow, was für eine Wendung! Das war definitiv Schicksal. Ich meine, wir sind alle verbunden, beide Kartelle im Krieg sind miteinander verflochten. Ich fand es schwer zu glauben, aber es machte Sinn. Quintero und Rodrigo arbeiteten einst mit Nancho zusammen, kurz bevor Quintero dem Tod überlassen wurde, und Rodrigo floh. Isabella wurde zurückgelassen und kam nie raus. Nancho adoptierte sie dann als seine Tochter. Sie war damals noch ein kleines Mädchen. Das machte alles Sinn. Moment mal?

„Sie war der Maulwurf in Nanchos System, während du das alles getan hast, ja?", fragte ich.

„Du bist ein kluger Mann, wirklich klug. Bringt sie aber raus, Nancho fängt an, sie zu verdächtigen und zu beobachten. Er würde sie töten, wenn er irgendeinen Verrat auch nur ahnen würde." Quintero sprach müde, aber mit Nachdruck.

Die Mission war jetzt klar: alle seine Männer töten, Verwirrung stiften, Nancho und Isabella lebend hierherbringen.

Ich meldete mich umgehend bei Tommy zurück, und er gab mir die Erlaubnis. Ich brauchte ein paar Männer, allerdings waren die besten verletzt. Dies war zwar keine Mission für eine Armee, aber es waren schon vier oder fünf hochqualifizierte Leute erforderlich. Ich dachte eine Weile darüber nach, aber egal, wie ich es durchdachte, ich musste Lucy und

Amber einfach mit einbeziehen. Rodrigo war noch hundertprozentig fit, also ging ich zu ihm.

„Wie geht es dem besten Killer?", scherzte ich, als ich ihn an der Bar traf.

„Etwas angekratzt, aber ich bin okay", antwortete er und hob sein Glas zum Mund.

„Bist du bereit für eine finale Mission? Die letzte, die ganz Große?", fragte ich, als ich mir einen Drink einschenkte. Er stellte sein Glas zurück auf den Tresen und wandte sich mir aufmerksam zu. Gut fünfzehn Minuten lang nahm ich mir Zeit, ihm alles zu erklären, und am Ende war er dabei. Nun musste ich noch Lucy und Amber an Bord holen.

Ich ging zuerst in Lucys Zimmer. Ich öffnete die Tür, aber das Zimmer schien leer zu sein. Ich wollte schon wieder hinausgehen, als ich ein Geräusch aus dem Badezimmer hörte. Ich schloss die Türe wieder und ging leise zum Bad hin. Ich öffnete die Tür ein wenig und sah Lucy ganz nackt in der Wanne liegen. Ich beobachtete, wie der Schaum über ihre Haut floss, wie sie sich im Wasser aalte. Ich dachte daran zu gehen, aber ein paar Minuten zu warten, war nicht schlimm. Also wartete ich ein wenig. Ich beobachtete, wie sie anfing, sich selbst zu berühren. Sie begann von ihrem Hals aus, strich mit ihren Fingern langsam über ihren ganzen Körper. Sie griff nach ihren Brüsten, streichelte sie, bis sie ein kleines Stöhnen von sich gab. Sie schnippte ihre aufrechten Brustwarzen und umkreiste sie mit ihren Daumen, wobei ihr Körper leicht erzitterte, und das Wasser plätscherte entsprechend sanft dabei.

Sie fuhr mit den Händen weiter nach unten zwischen ihre Beine und stieß einen tiefen Seufzer aus. Sie streichelte die Innenseiten ihrer Oberschenkel mit den Fingern, neckte sich selbst, eine Bewegung, die sie offensichtlich von mir gelernt hatte. Eine Weile streichelte sie ihre Muschi-Lippen, fuhr mit ihren Fingern um sie herum, bevor ihr Daumen auf ihrer Klitoris landete. Ihr Stöhnen wurde etwas lauter. Zuerst tippte sie langsam mit dem Daumen und rollte ihn herum, während sie ihn massierte und streichelte.

„Fuck ...", stöhnte sie, als sie einen Finger in ihre Muschi führte, und ihre andere Hand packte den Rand der Wanne, als sie fast das Gleichgewicht verlor. Sie drehte und drehte den Finger in sich. Ihr Körper bewegte sich mit dem Rhythmus, während sie sich selbst fingerte. Zuerst stöhnte sie langsam, aber als sie einen weiteren Finger hinzunahm, schrie sie buchstäblich. Ihr Orgasmus war ein ziemlicher erregender Anblick, ihre Beine schlug sie aufs Wasser, dass es nur so spritzte, wobei sie einen kleinen Schrei ausstieß.

„Ich kann dich sehen, weißt du", mein Herz sprang mir fast aus dem Mund, als sie das sagte. Woher wusste sie, dass ich sie beobachte?

„Komm rein", fügte sie hinzu, als ihre Atmung sich beruhigte.

„Was willst du, Blake", fragte sie, als sie aufstand, und das Wasser tropfte von ihrem nackten Körper.

Ich hatte einen fiesen Ständer. Ich atmete tief durch und erklärte jedes Detail der bevorstehenden Mission, und als ich fertig war, stimmte sie zu, dabei zu sein. Wir waren jetzt zu dritt. Ich verließ Lucys Zimmer und machte mich auf den Weg, um Amber zu finden.

„Verdammt, sorry", sagte ich, als ich Amber nackt in ihrem Zimmer vorfand. Warum waren beide zur gleichen Zeit nackt?

„Komm rein, wem machst du was vor?",
lachte sie. Sie hatte recht, wem wollte ich was
vormachen? Ich hatte sie mehrmals nackt gesehen.

„Du musst dich darum kümmern", sagte sie
grinsend und zeigte auf meinen Schritt, dahin,
wo meine Hose arg beulte.

„Willst du helfen?", fragte ich scherzhaft,
doch Amber lachte nicht, sondern legte Hand
an. Im Handumdrehen kniete sie vor mir nieder und zog meine Hose aus. Sie wickelte ihre
warme Handfläche um meinen Schwanz und
streichelte ihn, dass die Wellen des Vergnügens mich sofort trafen. Ich stöhnte sanft, als
sie die Spitze meines Schwanzes leckte. Sie
streichelte mit der Zunge über die ganze
Spitze, während sie den Schaft streichelte. Ihre
andere Hand streichelte meine Eier. Sie nahm
meinen vollen Schaft in den Mund, und ich
keuchte.

Sie benutzte ihre Zunge viel und bewegte sie gekonnt und gefühlvoll auf meinem Schwanz. Ich stöhnte, weil mein Schwanz wiederholt an die Rückseite ihrer Kehle schlug. Nachdem sie den perfekten Rhythmus gefunden hatte, übernahm sie das Kommando, bestimmte das Tempo und bewegte sich schneller, immer härter und saugte noch schneller. Ihr Kopf wippte schnell auf und ab über die ganze Länge meines Schwanzes, mein Orgasmus näherte sich. Sie saugte noch etwas härter und schneller, ging immer härter und härter, saugte und schlürfte, bis ich es nicht mehr ertragen konnte.

Ich stöhnte leise, als ich kam. Sie hielt ihre Brüste hoch, als sie mein warmes Sperma auf ihnen empfing, ein Teil meines Samens spritzte auf dem Boden und auf ihr Gesicht. Sie gab mir Zeit, mich zu erholen, zu atmen, bevor sie fragte, warum ich eigentlich in ihrem Zimmer war.

„Warum bist du überhaupt gekommen?", fragte sie, als sie mit einem Handtuch mein Sperma von ihrem Körper abwischte.

„Wir sind hinter Nancho her", sagte ich, als meine Atmung sich normalisiert hatte.

Sie hielt einen Augenblick inne und wartete, bis ich weitersprach.

„Wir werden morgen, 17 Uhr, in seinem Haus eine Chance haben, ihn zusammen mit seinen zwölf Distros zu erledigen. Wir müssen schon heute Abend losfliegen, wenn wir es schaffen wollen", schloss ich, nachdem sie aufmerksam zugehört hatte. Ich gab ihr einige Minuten Zeit, darüber nachzudenken, bevor ich sie um ihre endgültige Antwort bat.

„Was sagst du dazu? Bist du dabei?", fragte ich sanft, weil ich fürchtete, sie könnte ablehnen, wenn ich meine Stimme erhob.

„Natürlich bin ich dabei", antwortete sie. Die perfekte Antwort. Und so begannen wir einfach, die größte Mission unseres Lebens zu planen. Ich hatte das Ganze in meinem Kopf genau berechnet. Der beste Weg hinein war so, wie wir ihn das letzte Mal durchgeführt hatten. Wir wollten den Truck benutzen, nur diesmal würden wir ihn entführen. Dann würden wir uns auf den Weg zum Haupthaus machen, wo das Treffen stattfand. Wahrscheinlich mussten wir uns zum Haupthaus durchschießen. Ein Heer von Leibwächtern würde uns erwarten und auf alles schießen, was sich bewegte. Alles ausgebildete Männer, die bei Nancho und seinen Distros beschäftigt waren. Wir

würden dann die Zwölf töten, und anschlie-
ßend Nancho und Isabella lebendig hierherbringen.

Ich traf mich ein letztes Mal mit Quintero,
bevor wir starteten.

„Wie fühlst du dich, Mann?", fragte ich
Quintero, als ich in sein Zimmer trat.

Tommy wollte gerade los.

„Ich habe versucht, meine Nichte Isabella
zu kontaktieren. Sie reagierte nicht", sprach er
sanft, seine Stimme zitterte.

„Vielleicht war sie beschäftigt oder so",
zuckte ich mit den Schultern.

„Nein, Mann, sie antwortet immer." Und
zum ersten Mal spürte ich in Quinteros Worten Angst.

„Sie ist entweder tot oder irgendwo eingesperrt. Hol sie für mich, Blake!", sagte er und

packte meine Hand, seine Augen flehten mich an. Ich nickte und versicherte ihm, dass ich seine Nichte zu ihm zurückbringen würde.

Wir flogen an diesem Abend zu viert los. Trotz der langen Flugzeit war ich durchweg hellwach, es blieb keine Zeit zum Schlafen. James kam, um uns abzuholen, und er trug sein übliches Lächeln zur Schau als sei es im Gesicht festgeklebt. Er wirkte noch größer als vorher, oder es kam mir nur so vor, weil sein Bart voller geworden war.

„Also, da sind wir wieder, mein guter Freund", sagte er und umarmte mich fest, obwohl ich eine abwehrende Geste mit den Händen machte. Er roch stark nach Alkohol.

„Schön, auch dich zu sehen, James", erwiderte ich und klopfte ihm auf die Schulter. Dann umarmte er Lucy und Amber, bevor er Rodrigos Hand fest drückte.

„Tommy hat mich über alles informiert. Keine Sorge, folge mir einfach", winkte er uns zu, als er sich auf den Weg zu seinem rostigen Land Rover machte. Er fuhr uns auf dem normalen Weg zu seinem Haus. Wir passierten das Goldpoint Hotel, und ich erinnerte mich sofort.

„Wann willst du aufbrechen?", fragte James, nachdem wir Mariana, sein Mädchen, begrüßt hatten.

„Heute Abend noch", antwortete ich ruhig.

„Was ist mit den Sachen, die wir brauchen?", fragte Rodrigo, als er in die Küche trat.

„Oh, sie sind da drin. Alles, was ihr benötigt", sagte er und zeigte auf sein Zimmer, während er eine Flasche Bier aus dem Kühlschrank holte.

Wenige Stunden vergingen, und es begann die letzte und entscheidende Mission. Wir waren alle vorbereitet und trugen Kevlar-Westen, Handfeuerwaffen, Sturmgewehre. Wir waren alle bereit. James fuhr uns zu dem Ort, an dem der Truck war. Wir wollten den Truck benutzen, um uns hineinzuschleichen.

Wir warteten erst ein wenig, bevor ich mich auf den Weg begab. Ich schlich mich an und ging an der Rückseite des Lagers vorbei, dann erschien ich an der Vorderseite und überraschte sie. Sie waren zu zweit, und den ersten konnte ich ohne viel Gerangel außer Gefecht setzen, als der Griff meiner Handfeuerwaffe hart auf seinen Schädel krachte. Dann fiel er aus dem Führerhaus. Der zweite, ein kleiner Mann, der unbewaffnet war, sprang ins Führerhaus und versuchte, mich amateurhaft anzugreifen. Ich wich ihm leicht aus und schlug auch ihm mit dem Griff der Waffe auf den

Kopf, sodass er k.o. ging. Ich schleppte beide in das Lager und schloss sie ein.

„Kommt schon Leute", winkte ich die anderen heran, als ich in den Truck stieg. Rodrigo blieb bei mir vorne, während sich die Mädchen hinten versteckten, sie sollten nicht gleich gesehen werden. James wartete am Lagerhaus und würde später kommen, wenn wir Verstärkung brauchten.

Wir fuhren schnell, und nach ein paar Minuten konnte ich Nanchos Haus in der Ferne sehen. Es war riesig und verdammt groß. Ich steuerte mit der einen Hand und packte meine 45 ACP fest mit der anderen. Ich wollte die Wache am Tor erledigen.

„Wenn ich durchgefahren bin, lauft schnell in die Garage und sprengt alle Reifen der anderen Autos. Heute gibt es kein Entrinnen mehr", sagte ich und der Tod schwang in meinen Worten. Ich wollte töten, nach Blut suchen.

„Wer sind ...", doch der Wachtposten konnte seinen Satz nicht beenden, weil eine Kugel ihm ein ordentliches Loch von der Stirn bis in den Hinterkopf bohrte, so dass sein Blut auf eine Seite des Trucks spritzte. Sofort fuhr ich durch. Rodrigo stieg ab und machte sich auf den Weg in die Garage. Schon hörte ich das Geräusch von Schüssen, während er an den Reifen arbeitete. Perfekt! Wir waren alle drin.

Inzwischen waren die Männer von Nancho alarmiert. Die ersten fünf kamen mir entgegen. Ich gab Gas und überfuhr sie. Ich spürte, wie ihre Knochen unter den Reifen knackten. Ich brachte den Truck hart zum Stillstand, bevor ich ausstieg und die Mädchen heraussprangen.

Nanchos Leute hatten nicht erwartet, dass drei Leute das Haus von Kolumbiens mächtigstem Drogenbaron stürmen würden. Überall wurden Sturmgewehre abgefeuert und Chaos entstand. Wir schossen auf jeden und alles, Menschen fielen nach links und rechts, während wir uns ins Haupthaus voran arbeiteten. Für einen Moment wurden wir in unserem mutigen Drang unterbrochen, als Lucy einen Schrei losließ, sie war angeschossen worden. Ich zog sie aus der Feuerlinie, und wir gingen in Deckung.

„Wie schlimm ist es?", fragte ich, während immer wieder Männer nach unten rannten.

„Es ist nur ein Kratzer, ich kann noch schießen", antwortete sie, obwohl sie schwer ein- und ausatmete. Amber überprüfte die Verletzung und stellte fest, dass ihr Arm gestreift worden war. Sie blutete nicht stark, also war sie bereit weiterzumachen.

Wir hörten plötzlich mehrere Schüsse. Schnelle, schneller als normal. Ich blickte hinaus und siehe da, es war mein Rodrigo, der tötete und tötete, er richtete ein verdammtes Blutbad an. Dann kam er zu unserer Deckung und schloss sich uns an. Er hockte sich hinunter.

„Was ist das nächste? Die Autos hab ich erledigt", sprach er schnell, und ich sah, dass er es kaum erwarten konnte, wieder da rauszugehen, um noch mehr zu töten.

„Die Männer, hinter denen wir her sind, sind wahrscheinlich oben", antwortete ich und wies nach oben. „Rodrigo und Lucy, ihr werdet für Ablenkung sorgen, während ich nach oben gehe", sagte ich zu ihnen.

„Du willst es ganz allein mit Nancho und seinen Distros aufnehmen?", fragte Rodrigo sofort.

„Ja, Mann, das ist der einzige Weg. Du schließt dich mir an, nachdem du hier fertig bist", antwortete ich.

„Was ist mit mir?", fragte Amber, nachdem sie ihre Waffe nachgeladen hatte.

„Du wirst gehen und Isabella finden, Quinteros Nichte", erwiderte ich, während meine Augen hin und her huschten, um zu sehen, ob Nanchos Männer bei uns waren.

„Wie soll ich sie erkennen?", fragte sie.

„Sie ist zierlich, hat schwarze Haare und braune Augen", antwortete ich.

Und dann, auf mein Kommando hin, setzten wir meinen kleinen Plan in die Tat um. Rodrigo und Lucy zogen los, um für Ablenkung zu sorgen, als die Schießerei weiterging. Amber übernahm die andere Seite, um Isabella zu finden, während ich die Treppe hinaufging. Ich stieß auf eine stürmische Wache, als ich oben auf der Treppe ankam. Meine Hand schoss vor, um ihn zurückzustoßen, gleichzeitig schoss ich ihm eine Kugel in die Brust. Ich rückte weiter vor und nahm einen anderen Mann mit, den ich als Deckung benutzte.

„Bring den Hubschrauber sofort her", konnte ich einen Mann auf der anderen Seite hören, der mit einem anderen sprach. Bei ihm postiert standen über zwanzig andere Männer. Ich war sicher, Nancho befand sich bei ihnen. Es gab keine Möglichkeit, dass ich mich durch zwanzig Männer durchschießen konnte. Ich brauchte Verstärkung. Wie es das Schicksal wollte, klopfte James mir auf die Schulter.

„Ich bin sicher, dass du jetzt die Verstärkung gebrauchen kannst", sagte er und lächelte doch glatt schon wieder wie gewohnt. Seine Schrotflinte hielt er fest umklammert. Rodrigo kam Minuten später zu uns, und jetzt hatten wir eine Chance.

„Wo ist Lucy?", flüsterte ich zu Rodrigo.

„Sie kümmert sich unten um die Geschäfte", antwortete Rodrigo, als er seine Munition überprüfte.

Ich suchte mir eine Rauchbombe aus, zog den Sicherungsstift und warf sie weg. Die Rauchwolke nahm den Männern die Sicht, und wir konnten uns ungehindert nähern und einen nach dem anderen erledigen. Wir rückten unaufhaltsam vorwärts und standen jetzt vor der Tür. Hinter uns lagen zwanzig tote Männer.

„Nehmt euch jeder einen von ihnen und benutzt ihn als Deckung", wies ich die Männer an, als ich mich hinhockte, um für mich selbst einen leichten auszuwählen. Auf mein Kommando trat James die Tür ein, und wir standen den dreizehn Männern gegenüber, die hier tagten.

Sie eröffneten das Feuer, und meine letzten Worte waren „Töte Nancho nicht", nachdem wir uns hinter den Säulen im großen Raum versteckt hielten. Ich blickte um die Säule herum und der tote Körper, den ich als Deckung nutzte, fing die für mich bestimmte Kugel in seinem Hals auf. Die anderen rannten in Deckung. James legte seine Schrotflinte an und tötete einen weiteren Mann.

Wir warteten wieder und töteten noch zwei. Sie spielten ein ein kluges Spiel mit uns, und einer der Distros warf einen Aschenbecher, um unsere Aufmerksamkeit von ihnen abzulenken, während Nancho offenbar die Möglichkeit nutzen wollte, durch das Fenster hinter ihm zu flüchten.

„Gib mir Deckung!", schrie ich, als ich hinter ihm herwollte. Ich würde ihn auf keinen Fall entkommen lassen. Ich raste ihm nach, obwohl eine Kugel meinen Oberschenkel traf, als ich durch die Tür schlüpfte. Der Schmerz war intensiv, aber er verlangsamte mich nur ein wenig. Ich jagte ihm weiter nach. Er war im Begriff, über den Balkon zu springen, doch ich feuerte eine Kugel ab, die ihn am Knöchel traf. Er stürzte, und sein fetter Körper landete mit einem dumpfen Schlag auf dem Boden.

Als ich zu ihm hinüberkroch, durchbohrte mich ein scharfer Schmerz, den ich nicht erwartet hatte. Er zog durch meinen Arm, als Nanchos Kugel in meine Schulter schlug. Eine zweite traf meine Kevlarweste und schickte mich zu Boden. Er kroch zu mir hinüber, aber ich schaffte es, ihm die Waffe aus der Hand zu treten. Mein Bein schoss hinüber und traf seinen Kiefer hart, sodass er auf die andere Seite stürzte.

Ungeahnt schnell drehte er sich um, näherte sich mir wieder und bohrte seine Finger in meine Oberschenkelwunde, dass ich schrie.

Er hatte seine Waffe wieder in der Hand und schoss eine Kugel ab, die mein Gesicht streifte, als ich wegrollte. Er war zäh, stand auf und humpelte auf mich zu. Mir wurde jetzt schwindelig, ich hatte viel Blut verloren. Mein Leben spulte sich vor meinem geistigen Auge ab. Es war vorbei, ich hatte verloren. Mein Blick wurde verschwommen. Doch als er schießen wollte, erwischte ihn eine Gestalt am Hinterkopf. Seine Waffe fiel, als er stürzte. Ich verlor das Bewusstsein.

Als ich das nächste Mal die Augen öffnete, waren wir wieder im Flugzeug. Ich hing an einem Tropfbeutel, aus dem eine helle Flüssigkeit in meine Vene sickerte. Ich packte Rodrigo neben mir am Arm.

„Ist Isabella sicher?", fragte ich und zuckte, weil ein starker Schmerz durch meine Schulter schoss.

„Das ist sie, sie schläft da hinten", antwortete er. „Und was ist mit Nancho?", fragte ich weiter.

„Er ist noch am Leben, hier gefesselt", erwiderte er und zeigte auf eine Ecke, in der Nancho saß. Sein Bein war bandagiert, und er war geknebelt. Ich fiel wieder in die Dunkelheit, es ging uns jetzt gut, die Mission war abgeschlossen.

Ich wachte zu dem Zeitpunkt auf, als das Flugzeug landete, und in dem Moment war ich stark genug, um mich aufzurichten. Wir wurden vom Flughafen zum Haus gebracht, vor dem die ganze Familie auf uns wartete. Wir waren alle da, hatten alle überlebt, sogar James war mit Mariana zurück nach Amerika gekommen. Der Krieg war vorbei. Nancho Fernandez war jetzt unser Kriegsgefangener.

Amber schob den Rollstuhl, in dem ich saß, als wir alle von den Autos zum Haus strebten.

Fernandez wurde in einem der Lagerhäuser eingesperren. Du hättest die Freude auf Quinteros Gesicht sehen sollen, als er Isabella umarmte. Der strenge Mann brach in Tränen aus.

„Ich habe dich, seit du ein kleines Mädchen warst, nicht mehr gesehen", sagte er weinend und hielt sie in seinen Armen. Ich fragte mich, ob er wusste, dass ich Sex mit Isabella hatte.

„Ihr habt es alle gut gemacht. Lasst uns hineingehen", winkte Tommy uns zu.


Am nächsten Tag regnete es ungewöhnlich stark. Es war der Tag, an dem Quintero beschloss, Nancho öffentlich vor der ganzen Familie hinzurichten. Für mich hätte es kein mittelalterliches Theater geben müssen. Aber, so what? Hauptsache, der Bastard war tot.

Wir standen alle im Regen und warteten darauf, dass Quintero auftauchte. Nancho kniete gefesselt in der Mitte. Du hättest den Blick auf Nanchos Gesicht sehen sollen, als Quintero herauskam. Er traute wohl seinen Augen nicht, und er muss gedacht haben, dass er träumt.

„Du erinnerst dich an diese Waffe, nicht wahr?" Quinteros Stimme war leise und bedrohlich, der Killer war zurück. Nancho war so verblüfft, dass er keinen Ton herausbrachte. Sein Mund blieb verschlossen.

„Du hast mich erschossen, nachdem du den Dolch benutzt hast, dann hast mich fallen lassen", half er ihm auf die Sprünge, weil er so verdattert wirkte. „Schau, ich habe ihn für dich aufbewahrt, Bruder", fügte er hinzu. Er lud die Waffe langsam und ließ die Angst vor dem Tod in Nancho unendlich langsam wachsen.

Ich erwartete eine Art Reaktion, als Quintero Nancho eine Kugel ins Herz jagte. Vielleicht eine Art Wetterumschwung oder etwas anderes, doch der Regen fiel nur noch etwas stärker. Und so war Nancho Fernandez einfach tot, direkt in Tommys Innenhof. Eine neue Ära war geboren, und diesmal war Nancho nicht dabei.

Er stürzte auf die Erde, sein Blut vermischte sich mit dem Regen und strömte zum Abfluss, während wir dabei zusahen. Ich hatte mir die Leiche des legendären kolumbianischen Drogenbarons nicht angesehen; meine Augen waren auf Quintero gerichtet. Er hielt die Waffe immer noch fest, seine Augenbrauen zusammengezogen zu einem tiefen Stirnrunzeln, als wäre er wütend auf den Tod. Und natürlich war er wütend. Nancho ging zu leicht unter, er hatte nicht einmal gekämpft.

Wir zogen uns alle langsam wieder ins Haus zurück, während einige Männer Nanchos fetten Körper wegschleppten. Er sollte verbrannt und seine Asche ins Meer geworfen werden.

Nach dem Ende der Ära Nancho Fernandez, würde es lange dauern, sich daran zu gewöhnen.

Meine Verletzungen heilten langsam und erst nach Wochen konnte ich richtig laufen und mich ohne Schmerzen bewegen. Ich hatte die Narben, die mich an diese Missionen erinnerten, Narben, die mir immer sagten, dass ich nur wenige Augenblicke vom Tod entfernt war. Ich lebte weiterhin in Tommys Haus und bei seiner Familie. Unser Deal war vorbei, aber unsere Freundschaft hatte gerade erst begonnen.

„Wie fühlst du dich jetzt, mein Freund?", fragte Tommy eines Morgens, als er in mein Zimmer kam, um nach mir zu schauen.

„Ich fühle mich jetzt besser. Ich kann meine Hand wieder frei bewegen", antwortete ich, und ich rollte meine Hand hin und her, um ihm zu zeigen, dass es mir gut ging.

„Das ist toll", antwortete er.

„Ich werde bald gehen, Tommy", meine Stimme war leise. Er nahm meine Worte auf und hielt ein wenig inne. Dann zog er eine Zigarre heraus und zündete sie an, wobei er nachdenklich aus meinem Fenster schaute.

„Männer mit deinen Fähigkeiten sind selten, Blake Stone. Du musst nicht gehen, du kannst so lange bleiben, wie du willst", sagte er freundlich und ich wusste, dass er darauf bestehen würde, dass ich bleibe. Nicht allzu viele Männer hätten die Dinge abgezogen, die ich in den letzten Wochen für ihn getan hatte. Ich tat so, als würde ich eine Minute darüber nachdenken, bevor ich ihm meine Antwort gab.

„Okay, wenn du darauf bestehst", antwortete ich mild.

„Nimm deine Medikamente und ruh dich aus", das waren seine letzten Worte, bevor er mein Zimmer verließ.

Ich hasste die Tabletten und alles, was sie mit mir machten. sie hinterließen stundenlang einen blöden Geschmack in meinem Mund, und sie machten mich schläfrig. Ich stieg aus dem Bett und schüttete die Pillen in meine Handfläche, etwa sechs davon. Ich warf sie in meinen Mund und schluckte sie mit etwas Whiskey. Dann ließen sie sich in meinem Magen nieder. Verdammt! Sie schmeckten wie Galle. Ich fiel auf mein Bett und fing an zu denken, als die Medikamente in meinem Organismus zu wirken begannen.

Was kam jetzt? Nancho war weg, und dieses Rennen war gelaufen? Meine Gedanken kreisten irgendwann um sich selbst, dann fiel ich langsam in einen tiefen Schlaf.

Ich musste stundenlang geschlafen haben, denn als ich aufwachte, schlich sich die Sonne nicht mehr an den Vorhängen vorbei, sondern es wurde schon dunkel. Isabella saß neben mir und rüttelte mich sanft, dass ich wach wurde.

„Ich habe dich beim Abendessen nicht gesehen, also habe ich dir etwas zum Essen mitgebracht", sagte sie und zeigte auf ein Tablett, das auf meiner Kommode stand. Ich konnte das Essen riechen, und es duftete gut.

„Geht es dir jetzt gut?", fragte sie, als sie näher kam.

„Mir geht es gut, Isabella, die Tabletten lassen mich nur so viel schlafen", antwortete ich, als ich mich aufsetzte. Sie beobachtete jede meiner Bewegungen, während ich aß. Ich erinnerte mich an das letzte Mal, als wir zusammen waren, an die Zeit, als ich noch dachte, sie sei Nanchos Tochter.

„Danke für das Essen", sagte ich zu ihr, dann trank ich etwas Wasser. Es fühlte sich irgendwie unangenehm an, wie wir so saßen, ohne zu reden. Wir unterhielten uns dann etwas über den Ausgang der Mission.

Meine Augen begannen, über ihren ganzen Körper zu tanzen, und ich fing an, Dinge zu bemerken, die mir vorher nicht aufgefallen waren. Sie trug ein kurzes Kleid, eines, das ihre schönen Oberschenkel sehen ließ. Ich näherte mich ihr und legte meine Hände auf ihren Körper. Ich wusste, dass sie mich wollte. Damals, als ich in Kolumbien war, war sie immer an mir dran.

Es dauerte nicht lange, bis wir die Dinge in Gang brachten. Ich drückte sie sanft aufs Bett, mein Mund traf ihre Lippen, und ich schob meine Zunge in ihren Mund, während sie ihre Beine schnell um mich legte.

Ihr Kleid ließ sich leicht ausziehen, das Material rutschte über ihren Körper, während ich aus meiner Hose stieg. Ich küsste mich an ihrem Hals entlang, und meine Erektion drückte an ihren Oberschenkel, als sie ihren Kopf nach hinten neigte, um mir mehr Platz zu geben. Sie ließ ein Keuchen hören, als ich meine Zunge um ihre Brustwarze führte. Mein Kopf bewegte sich zur anderen Seite, um an beiden Brustwarzen zu schlemmen, während sie ihre schlanken Finger in mein Haar vergrub.

„Oh fuck ...", seufzte sie zufrieden, als ich mich Zentimeter für Zentimeter in sie schob. Sie war verdammt nass und warm, ihre Hände zogen mich näher heran, sodass sie sich mehr für mich öffnen konnte. Rein und raus, langsam und ruhig, begann ich mit diesem Fluss, und ihr kleines Stöhnen kitzelte meine Ohren. Sie bewegte sich mit mir hin und her, passend zu meinen Stößen. Wir fanden den idealen

Rhythmus und gingen immer weiter, als ihr Stöhnen intensiver wurde. Es fühlte sich anders an als beim letzten Mal, als ich bei ihr war. Es war besser und angenehmer.

Unsere verschwitzten Körper klatschten geräuschvoll aneinander, und unser Stöhnen wurde eins, während wir uns liebten. Sie kam zuerst, ihre Fersen gruben sich tiefer in mein Gesäß, als sie mich fest in sich hineindrückte. Ich folgte ihr, und meine Muskeln bewegten sich, wobei ich wohlig grunzte, als meine Wärme sich in ihr ausbreitete, nachdem wir unseren Höhepunkt erreichten. Sie ging nicht sofort, sondern schlief friedlich in meinen Armen ein.

Mein Verstand kreiste um alles herum. Es war doch alles irgendwie ironisch. Die Momente, die ich mit ihr verbrachte, als dieses kleine Abenteuer im Auto eine Reihe von Ereignissen auslöste, die mein Leben für immer veränderten. Ich war wieder bei ihr, aber diesmal war es ganz anders. Ich schaute nicht mehr wachsam über meine Schulter. Ich war ein freier Mann, obwohl ich tief im Inneren wusste, dass es nur für eine kurze Zeit sein würde. Eines Tages sollte ein neuer Gegner auftauchen, und ich würde bereit sein. Blake Stone war immer bereit.